Alejandra Folgarait

MANIPULACIONES GENETICAS

Quimeras y negocios de laboratorio

TESIS
GRUPO
EDITORIAL
norma

a mi madre,
quien supo despertar en mí el deseo de saber.

Editor: Leandro de Sagastizábal
Coordinación Editorial: Laura Moraña
Diseño de Tapa: Irene Banchero
Composición: Interamericana Gráfica S.A.

TESIS - GRUPO EDITORIAL NORMA
San José 831/5
(1076) Buenos Aires, República Argentina
Teléfonos: 372-7330/6/7/9

Empresa adherida a la Cámara Argentina del Libro

Primera edición: Diciembre 1992

I.S.B.N.: 950-718-071-0

Hecho el depósito que marca la ley 11.723

Impreso en Argentina

Prefacio

"No hay mejor manera de alejar temores infundados sobre el complejo ciencia–tecnología que abrir la caja negra de la ciencia y la tecnología, pero abrirla en el contexto social en que se encuentra. El resultado será traer la ciencia-tecnología desde el mundo de los gigantes, dedicados a la empresa inmaculada de descubrir en nombre del progreso, al mundo de las empresas, contaminadas de valores e intereses de los simples seres humanos. Sólo así comenzará a verse la ciencia–tecnología como una entidad **no autónoma,** *que, en cuanto tal, debe sujetarse a procedimientos de evaluación que permitan ver su adecuación a los objetivos sociales que se supone debe cumplir".*

José Sanmartín
Instituto de Investigaciones sobre Ciencia y Tecnología,
Universidad de Valencia, España.

Encontré el párrafo que acabo de citar, al terminar de escribir mi libro. Fue una extraña señal, una increíble síntesis de la idea que guió a este libro de principio a fin. Qué significa exactamente, es algo que –espero– se aclare con el correr de las páginas.

De todos modos, valga una guía para el lector que sirva como mapa turístico del continente que tiene entre sus manos. Pero antes de embarcarnos en ella, una necesaria aclaración.

Existen básicamente tres maneras de leer un libro: desde la primera página hasta la palabra final; de atrás para adelante; y en diagonal. Esta última forma de navegación supone un recorrido azarozo, algo leve pero anhelante, que se detiene aquí y allá en busca de las claves.

Este libro puede ser leído de las tres maneras, según el lector y sus objetivos. Por supuesto, el que desee una comprensión a fondo de la cuestión no podrá obviar el segundo capítulo, que además de abrir las puertas a las aplicaciones diagnósticas y farmacológicas de la ingeniería genética, se interna en las aguas básicas pero profundas de la biología molecular de los genes. Sin embargo, para quienes no sienten inclinación por las dificultades o para los que las tienen salvadas, restan los otros capítulos, que pueden funcionar como módulos casi independientes.

El primer capítulo (contando de adelante para atrás) está dedicado a los que descubren la verdad de las cosas en los números y billetes que mueven al mundo. El tercero es un somero viaje al planeta de las nuevas plantas y animales producidos por manipulaciones genéticas. El cuarto selecciona algunos hitos de lo que vendrá, algo así como la avanzada en la frontera del conocimiento biológico. El quinto (para algunos el último) capítulo abandona el terreno de las maravillas para zambullirse en el peligroso lado oscuro de la luna.

Para quienes se pierdan en medio de la confusión textual, existe un glosario de términos científicos al final del libro. Según mi experiencia, es la mejor tabla de salvación para náufragos de la ciencia. Aquellos que queden insatisfechos, podrán optar por arrojar el libro fuera de borda (y reclamar la devolución del dinero, cosa que anticipo totalmente inútil) o acudir a otros libros recomendados con asteriscos (*) en la sección "Fuentes y referencias bibliográficas".

Otra aclaración. Distintos términos aparecerán a lo largo del texto aludiendo a diversas especialidades científicas.

Algunos de esos términos son: biotecnología, ingeniería genética, biología molecular, técnicas de ADN recombinante, genética molecular. Aunque no significan lo mismo, no me he preocupado en utilizarlos con precisión. He descubierto que ni los mismos científicos se ponen de acuerdo respecto de sus significados diferenciales. Por lo tanto, es mejor no convertirlos en obstáculos y hacer como si todos remitieran aproximadamente a lo mismo: a una práctica científica que, con sus manipulaciones de los elementos básicos de la vida, cambió para siempre no sólo el mundo de la biología sino también a quienes la practican, la usufructan o, simplemente, la viven– aunque todavía no lo noten.

Debo confesar que dos cuestiones me han quitado el sueño en estos meses (además de mi pequeña hija). La primera es la amplitud de la bolsa de la biotecnología, que obliga a leer todo para luego seleccionar con énfasis. La otra, es la rapidez con la que se mueven las cosas en este campo, que conduce a una incómoda sensación de desactualización permanente. Un consuelo magro –pero buena excusa– es que a los científicos también les cuesta seguir el paso de su disciplina.

Para finalizar, un profundo agradecimiento para todos aquellos especialistas que pacientemente me ayudaron a corregir el libro o aportaron sugerencias y valiosas críticas. Si todos los errores me pertenecen, parte de los logros son de los doctores Juan Carlos Bossio, Alberto Kornblihtt,

Alberto Díaz, Luis Quesada Allué, Leonardo Satz, Daniel Corach, Alejandro Mentaberry, y Patricia Folgarait, quien además de ser mi hermana, es bióloga y mi principal interlocutora. También a Leandro de Sagastizábal, el director de esta colección, quien inexplicablemente creyó que una psicóloga dedicada al periodismo científico podía escribir un libro sobre ingeniería genética sin sonrojarse demasiado. Y, obviamente, a las numerosas revistas científicas que me nutrieron de información sin recibir muchas veces a cambio ni siquiera una mención. A todos ellos, muchas gracias.

Alejandra Folgarait
Buenos Aires, agosto de 1992

INTRODUCCION

Mucho ruido y muchas nueces

I

El norteamericano James Watson y el muy británico Francis Crick tuvieron el extraño privilegio de saborear, desde el principio, la magnitud de su descubrimiento.

Cuando enviaron para su publicación –en la archifamosa revista científica *Nature*– las conclusiones de sus lucubraciones sobre la estructura del ADN, el compuesto químico que lleva la información genética para que los organismos vivan y se reproduzcan, los investigadores de la Universidad de Cambridge apenas podían soportar la ansiedad. Se habían tomado meses para redactar el artículo que los haría pasar a la posteridad, y creían que todo estaba bajo control.

A comienzos de los ´50, ellos sabían que –si estaban en lo cierto– no sólo les estaba reservado el Premio Nobel sino también un pedestal entre los genios que cambiaron para siempre el conocimiento de la naturaleza. Probablemente también intuían que estaban dando nacimiento a una nueva especialidad (a caballo de la bioquímica, la biología, la genética): la biología molecular. Desde 1953 a esta parte, esta nueva disciplina se ha constituido en la vedette de los laboratorios y las aulas académicas. Hoy, estar a la *page* significa dominar las técnicas de la biología molecular. En otras palabras, manejar los instrumentos para armar y desarmar los genes y manipular los procesos biológicos a nivel infinitamente pequeño. Para hacerse una idea, basta decir que la cantidad de ADN en el núcleo de las células del hombre es de alrededor de 7 billonésimas de gramo. O pensar que una molécula de ADN es diez mil veces más pequeña que la más pequeña de las células animales.

Pero ni aún con sus intuiciones de grandeza, Watson y Crick sospecharon que en los siguientes cuarenta años se produciría una revolución no sólo científica sino también industrial, e incluso cultural. Lo que hoy se conoce como **biotecnología moderna** puso el mundo de la ciencia y de muchas empresas patas para arriba. Buena parte de la gloriosa culpa la tienen otros dos tipos audaces.

II

Un caluroso mediodía de 1972, durante un congreso científico en la paradisíaca Hawai, Stanley Cohen, de la Universidad de Stanford, y Herbert Boyer, de la Universidad de California, se sentaron frente a un sandwich a charlar algunas ideas. Un año antes, se habían descubierto "tijeras genéticas'' (las enzimas endonucleasas de restricción) capaces de cortar el ADN en lugares muy específicos. "¿Por qué no usar esas maravillosas tijeras naturales para cortar determinados pedazos del ADN, aquellos –llamados **genes**– que contienen las órdenes para fabricar las proteínas? Más aún: ¿por qué no pegar distintos pedazos cortados, sin importar su procedencia?", se preguntó el nuevo *dúo dinámico.* La receta para el "corte y confección" de genes sentó las bases para lo que se dio en llamar **ingeniería genética.**

Un año más tarde, Cohen y Boyer informaron que habían construido en una probeta el primer híbrido genético hecho por el hombre: genes de sapo ensamblados en la bacteria *Escherichia coli.*

Como los "padres" Watson y Crick –y quizá también como los "abuelos" O. Avery y C. McLeod, quienes establecieron en los ´40 que el ADN es la clave de la herencia genética–, Cohen pronto se dio cuenta de que no se trataba de un mero avance científico. Al llamar "quimera" a este híbrido molecular, Cohen señaló que la mitológica mezcla de especies dejaba para siempre el terreno de la ciencia ficción para pasar al terrenal y cotidiano mundo de los laboratorios. Se olía a revolución en el aire.

Pero hubo algo más. A pesar de haber realizado sus experimentos en el ámbito académico, como parte de la investigación básica, alejada de toda intención industrial, Cohen y Boyer corrieron a patentar su descubrimiento, de la mano del precavido abogado de la UCLA. Si algo faltaba para dar vuelta la tortilla, fue la jugada de convertir en privado aquello que cualquiera hubiera considerado de dominio público, como todo conocimiento científico.

III

Ni corto ni perezozo, el innovador Boyer se asoció en 1976 al célebre empresario Robert Swanson para fundar Genentech, la primera empresa de ingeniería genética. Establecida al principio dentro de la misma Universidad de California (UCLA), pronto se mudó a sus propias instalaciones, pero llevándose a los mejores cerebros académicos. Por supuesto, no es esto algo para destacar, ya que es una estrategia usada frecuentemente por las empresas privadas. Lo novedoso –que marcaría la pauta del porvenir– fue la aparición de la categoría de investigador-empresario.

Con la mente puesta tanto en el mercado y los negocios como en la investigación del ADN, estos nuevos científicos cambiaron para siempre la manera de hacer ciencia en biología. A partir de entonces, cada investigación se diseñó con el objetivo de conseguir un producto que satisficiera una demanda social: ya fuera la hormona de crecimiento, la insulina o una nueva variedad de algodón resistente a las plagas.

La cotización en bolsa de las acciones de muchas de estas nuevas empresas terminó por blanquear la siempre negada unión entre el conocimiento *per se* y el afán de lucro. La inversión en bio-acciones se constituyó en una alternativa muy interesante en los Estados Unidos y en Europa, y sirvió para financiar los costosísimos proyectos de los modernos biotecnólogos (liberando a los científicos de los fatigosos forcejeos con universidades y fundaciones por obtener subsidios).

Los multimillonarios litigios por las patentes de los productos biotecnológicos pusieron un toque de pasión a las circunspectas publicaciones científicas. Cada nueva pulseada en las cortes empezó a ser seguida no sólo por los amantes de los vericuetos jurídicos y por los empresarios con intereses en el negocio sino también por los miembros de la comunidad científica y hasta por los periódicos de todo el mundo, conscientes de que muchos de sus lectores estaban pendientes del arreglo judicial que liberaría el camino de obstáculos para la comercialización de un esperado medicamento.

A mediados de los ´80, la biotecnología –incluida la ingeniería genética– tocaba los bolsillos de muchos y empezaba a estar en boca de todos.

IV

La posibilidad de programar con genes humanos a una bacteria común y corriente, de modo que produzca a escala industrial proteínas de gran valor para la salud (hormonas, enzimas, etc.), se convirtió en los últimos veinte años en procedimiento de rutina, tanto en empresas especializadas como en algunos de los más tradicionales laboratorios farmacéuticos.

La recombinación del material genético de distintas especies también dio lugar a sorprendentes monstruos y a plantas de apariencia habitual pero con capacidad para resistir heladas, ciertas enfermedades o insectos.

Nuevas vacunas, medicamentos, animales y plantas obtenidos por manipulación genética fueron poblando las páginas de revistas científicas y no tanto. La promesa de obtener alimentos para toda la humanidad floreció en los labios de científicos-empresarios y políticos. Los avances se sucedieron vertiginosamente. Y no fueron recibidos con indiferencia por la sociedad.

La manipulación de genes llegó a un punto en que el sueño de arreglar los desperfectos genéticos que padecen hombres y mujeres desde el momento de su concepción puede tornarse realidad. Curar la hemofilia u otras enfermedades hereditarias –incluso dentro de la panza de la madre, si el feto corre peligro de muerte– es el nuevo desafío. Pero lo que para algunos es un sueño para otros resulta pesadilla.

Muy pronto comenzaron a discutirse las implicancias éticas y las consecuencias de estas prácticas. En los últimos quince años, se formaron –y enfrentaron públicamente– bandos a favor y en contra de cada uno de los desarrollos biotecnológicos. Las polémicas involucran a científicos, expertos en derecho, lobbys empresarios, líderes religiosos, ambientalistas y agentes de patentes. Pero también intervienen, en los países industrializados, numerosos grupos civiles que apoyan o se oponen a la ingeniería genética, o a alguna de sus quimeras.

Con todo, lo que no puede negarse es que nada fue ni será igual después de la revolución biotecnológica. "Play God" (jugar a ser Dios) es la expresión que usan los norteamericanos para describir –no sin ironía– la actividad de los modernos magos del ADN. Pero si ellos son dioses que crean nuevos seres y deciden sobre la composición genética de los organismos, ¿qué papel jugamos los comunes e imperfectos mortales? ¿Seremos adormecidos espectadores, felices soñadores, atormentados conejillos de Indias, inteligentes inversores?

Este libro intenta poner las cartas sobre la mesa. Abran juego, señores.

Capítulo I

NEGOCIOS SON NEGOCIOS

La sorprendente asociación entre el magnate y hombre de negocios Robert Swanson con el científico de la UCLA Herbert Boyer para crear Genentech en 1976 fue visionaria desde el principio. Tanto el co-poseedor de la patente de la ingeniería genética como su pragmático socio comenzaron su empresa común con la mirada puesta en el mercado.

Después de todo, los datos epidemiológicos sobre la cantidad de enfermos con defectos genéticos alcanzan para delinear el fabuloso negocio que conseguirá cualquiera que diseñe un producto para ayudarlos o curarlos. La fibrosis quística, por ejemplo, es la más común de las enfermedades genéticas letales y afecta a 30 mil norteamericanos, que comprarían con desesperación cualquier terapia que mejorara su difícil vida, caracterizada por constantes padecimientos respiratorios.

Uno de cada doce mil recién nacidos carece de una enzima –por un defecto en un gen– que los condena a padecer una enfermedad llamada fenilcetonuria y que, de no seguir estrictas dietas alimenticias, culmina en el retardo mental en la adolescencia. Esta enfermedad es uno de los blancos más soñados por las empresas de ingeniería genética, aunque saben que, por ahora, tendrán que esperar para obtener una tajada de los potenciales consumidores del producto.

En cambio, Genentech no debió esperar casi nada para alzarse con las primeras ganancias. Desde 1977 a 1980 logró, a razón de uno por año, aislar y clonar (reproducir en copias idénticas) el gen de la insulina humana –compuesto que los diabéticos necesitan como el agua para sobrevivir–, el gen de la hormona de crecimiento –que a partir de entonces salvó a millares de niños del enanismo–, el gen de la timosina –la hormona del timo– y el gen del interferón, la sustancia alguna vez considerada milagrosa y que el cuerpo humano produce para combatir infecciones virales y algunos cánceres.

En 1978 apareció el primer competidor europeo –Biogen– con sede en Suiza. Pero el verdadero rival de Genentech estaba mucho más cerca, al otro lado de la bahía de San Francisco. Se llamaba **Cetus.**

Creada por un científico y un médico que –caso extrañísimo– además tenían títulos en administración de empresas, Cetus también convocó desde el inicio a aventureros con ganas de invertir millones de dólares en emprendimientos novedosos.

Con un capital inicial de 5 millones de dólares– en buena parte aportados por compañías petroleras, laboratorios farmacéuticos y hasta un fabricante de whisky–, Cetus se largó con todo a la arena de la ingeniería genética.

La pelea entre los dos flamantes grandes de la biotecnología se hizo escuchar hasta en la Bolsa de Comercio. El lanzamiento público de acciones en marzo del ´81 le reportó a Cetus 107 millones de dólares netos, que le permitieron ampliar sus tres instalaciones. Por su parte, cuando Genentech apareció ese mismo año en el mercado, vendió el 13 por ciento de sus acciones por 36 millones de dólares. Su lanzamiento al mercado de valores en 1985 fue realmente espectacular. De un día para otro, sus acciones duplicaron su valor.

Hoy, Cetus acaba de combinarse con otro grande –Chiron– para privilegiar cuatro mercados: diagnóstico, vacunas, productos oftálmicos y drogas contra el cáncer. Entre ambas completaron un stock swap valuado en 660 millones de dólares.

La historia de las empresas biotecnológicas surgidas en esos años es difícil de seguir, ya que aparecían como hongos donde quiera que se juntaban un científico molecular con un entrepreneur o con un gigante farmacéutico. En 1991, la publicación *Genetic Engineering News* calculó que en los últimos veinte años surgieron 400 nuevas compañías biotecnológicas, mientras 200 empresas dedicadas a otros rubros se diversificaron en este sentido y otros 200 laboratorios farmacéuticos se embarcaron en las nuevas tecnologías moleculares o hicieron acuerdos con otras firmas para incluirlas. Pero si al principio se trataba de *entrepreneurs*, pronto las pequeñas empresas con mucha materia gris y no menos bohemia debieron vender su alma al diablo –léase grandes laboratorios farmacéuticos– para sobrevivir.

El fenómeno de los científicos–empresarios hoy preocupa hasta a los mismos colegas y funcionarios gubernamentales, quienes ya no saben si lo que alguien afirma en una conferencia o escribe en un artículo es reflejo de lo que ocurre en su especialidad o es la visión interesada de quien pretende llevar agua para su molino.

"Diez años atrás era inusual que un investigador básico en biología tuviera una participación importante en empresas directamente relacionadas con su campo de estudio. Hoy, en algunas áreas es difícil encontrar un investigador que no asesore o sea socio en una nueva empresa biotecnológica", afirma Marcia Balenciaga al analizar los conflictos de intereses en la revista *Science*.

Las inversiones han sido y son millonarias. Se calcula que poner un medicamento obtenido por ingeniería genética en el mercado insume cuanto menos 150 millones de dólares y varios años de investigación y desarrollo. Una planta o laboratorio dedicado a producir unos pocos productos biotecnológicos cuesta en EE.UU. por lo menos 75 millones de dólares.

Si bien muchas de las expectativas de los comienzos se vieron decepcionadas ante las dificultades de los ambiciosos objetivos científicos, muchas se hicieron realidad tal cual habían sido soñadas.

Hoy existen seis empresas norteamericanas que destinan casi 200 millones de dólares al estudio de la terapia genética de enfermedades diversas (desde el mal de Parkinson y el SIDA hasta la hemofilia y varios tipos de cáncer), aún sabiendo que es probablemente la empresa más compleja y larga en que puedan sumergirse.

La apuesta es riesgosa pero no loca, según se puede deducir de la marcha de las bio–acciones. En 1991, los stocks de las compañías biotecnológicas estuvieron entre los diez que obtuvieron mayores ganancias porcentuales. La empresa Synergen fue la líder, cerrando el año a 68,50 dólares la acción, esto es, casi un incremento del 500 por ciento desde el año previo.

Gensia pharmaceuticals y Clinical Technologies también se beneficiaron con entre 350 y 450 por ciento de aumento en sólo un año bursátil.

El mercado de acciones biotecnológicas no tiene nada que envidiarle al resto. Los inversores no pierden detalle del intrincado desarrollo de los productos conseguidos por ingeniería genética. Incluso algunas publicaciones científicas –como la prestigiosa *BioTechnology* británica– realizan periódicamente pormenorizados informes financieros sobre todas las empresas biotecnológicas para sus lectores.

NEGOCIOS SON NEGOCIOS

Es asombroso el papel que juegan últimamente los medios de comunicación en la marcha de las acciones biotecnológicas.

Muchos opinan que Regeneron Pharmaceuticals vendió 90 millones de dólares en el lanzamiento de sus acciones porque las volcó al mercado diez días después de que la revista científica *Nature* publicara elogiosamente un *paper* sobre un descubrimiento hecho por uno de los científicos de la empresa, comentario luego recogido y destacado por el *New York Times*.

Los países desarrollados conocen bien las ventajas de llevar la delantera en la investigación biotecnológica. La administración Bush, por ejemplo, propuso para 1992 un presupuesto de 4 mil millones de dólares para I&D biotecnológicos, lo que representa un 8% más que el año previo. Casi todos esos fondos se destinaron a la megainstitución que investiga a nivel nacional los temas vinculados a la salud humana (National Institutes of Health). La quinta parte restante fue repartida entre once agencias federales (curiosamente, el organismo que rige los proyectos científicos del país, la National Science Foundation, recibió un presupuesto similar al de I&D de Defensa). Por su parte, el sector privado destinó otros 2 mil millones de dólares a la investigación biotecnológica.

En conjunto, las industrias biotecnológica y farmacéutica contribuyen hoy con 2 mil millones de dólares al Producto Bruto de los EE.UU.

Un estudio sobre el diagnóstico y tratamiento en enfermedades genéticas de 1988 pronosticó que el mercado norteamericano rondaría los 1500 millones de dólares para 1997. Si el mercado global del tratamiento de las enfermedades genéticas apenas alcanzaba los 3 millones de dólares en 1987, habrá crecido hasta los mil millones de dólares para el fin del milenio.

En cuanto al continente europeo, si bien cuenta con por lo menos dos laboratorios de biología molecular del más alto nivel (Cambridge, en Inglaterra, y el que la CEE posee en Heidelberg, Alemania), la calidad no siempre es mejor negocio que la cantidad.

Estados Unidos, que supera a Europa en laboratorios y compañías dedicadas a este rubro, ha aumentado en los últimos 10 años un 50 por ciento su presupuesto de investigación para el NIH, mientras que Francia –por sólo nombrar a uno de los países europeos líderes– no incrementó el sostén económico a sus laboratorios. Los europeos están planeando distintas alternativas para alcanzar a los hiperactivos norteamericanos, algunas de las cuales están en manos privadas –como el mapeo del genoma humano por parte del centro francés CEPH– y otras implican un esfuerzo multilateral: nada menos que lograr un mercado científico común europeo, que otorgue becas y subsidios con criterios continentales y no nacionales.

El caso Biosidus

El bichito de la biotecnología no sólo prendió en el Norte sino también en muchos países que apostaron sus últimos esfuerzos a la biotecnología y al talento de sus cerebros científicos, para subirse al tren del desarrollo. Así, varios programas biotecnológicos vieron la luz promovidos por universidades estatales y gobiernos. Algunos –pocos– empresarios también vieron la oportunidad de hacer buenos negocios con una tecnología de punta que recién estaba dando sus primeros pasos.

El laboratorio farmacéutico argentino Sidus fue uno de estos casos. Creado en 1938 y crecido bajo el amparo de una benigna legislación de patentes, en 1980 decidió armar su área de biotecnología, que dos años más tarde se convertiría en Biosidus. Para ello aprovechó –en una suerte de *joint-venture* –las ideas de buenos y jóvenes cerebros de la Universidad de Buenos Aires (UBA), mezclándolos con gente de la industria farmacéutica, conocedores del ambiente médico y comercial argentino.

Un poco por inexperiencia y otro poco por audacia, su primer desafío fue producir comercialmente, con técnicas de ingeniería genética, el compuesto que más prometía a comienzos de los '80 por sus virtudes antivirales y antitumorales: el interferón. Se trataba de insertar el gen que ordena en el ser humano la fabricación del interferón dentro de bacterias comunes y corrientes (*Escherichia coli*), con el fin de que estos bichitos de vertiginosa reproducción produjeran interferón a escala industrial y tal como si fuera una de sus propias proteínas. Claro que desarrollar semejante producto implicaba meterse en aguas científicas profundas: anticuerpos monoclonales, cultivos celulares, sutiles técnicas de purificación y las más recientes técnicas de recombinación de ADN.

En suma, esto les llevó nada menos que diez años, haciéndoles perder la vanguardia internacional pero conservando la iniciativa en Latinoamérica. Cuando finalmente salió a la venta el interferón recombinante, los directivos de Biosidus se ufanaban de que llevara el sello "made in Argentina" y de que hubiera sido el motor no sólo de una nueva área dentro del laboratorio farmacéutico sino de otro laboratorio, ligado al anterior por su directorio pero con autonomía de proyectos y, fundamentalmente, con investigación.

Porque mientras se realizaba el proyecto interferón, quienes trabajaban en el laboratorio –químicos, biólogos, técnicos, médicos– adquirieron competencias de primer nivel en el campo de la biotecnología y algunas de sus técnicas.

Se generó así un polo paralelo al tradicional de la ciencia argentina, con sede en las universidades nacionales, que atrajo a jóvenes graduados y a inversores. Además, se fabricaron bajo licencia otros productos recombinantes, tales como la eritropoyetina humana, empleada para tratar la severa anemia que padecen los enfermos renales crónicos, y que tiene un mercado mundial calculado en 250 a 400 millones de dólares anuales.

Además de su valor intrínseco, Biosidus alimentó la imagen positiva de la empresa madre, Sidus, en la Argentina y en el mercado internacional. Un fruto de ello fue la adquisición en 1988 de la planta industrial argentina del gigante Merck Sharp y Dohme para ubicar allí a Sidus, que también se hizo cargo de la representación y fabricación local de los productos de la corporación norteamericana. Pero el paso más importante –al menos en términos de lo que aquí nos ocupa– fue la construcción y puesta en funcionamiento de un moderno laboratorio para desarrollar y fabricar avanzados productos biotecnológicos. Unica en Latinoamérica, esta planta tuvo un costo de 10 millones de dólares –irrisorio en otras regiones del planeta– y está equipado con infraestructura y aparatos de última generación.

Sin embargo, no todo es color de rosa. En 1990, tras la salida al mercado de la eritropoyetina humana recombinante –fabricada con licencia de la norteamericana Amgen, y que hoy constituye el 90 por ciento de las ventas de Biosidus–, algo pareció quebrarse en la organización. Muchos de sus pioneros científicos abandonaron Biosidus, alegando que su labor era muy promocionada pero muy poco retribuida. Entre ellos, Alberto Díaz, quien había sido el estratega científico de Biosidus y no estuvo de acuerdo con el privilegio de las líneas farmacéuticas de Sidus por encima de las biotecnológicas. Hoy, Díaz parece estar cerrando el círculo, ya que ha regresado a la UBA para ocuparse de la transferencia tecnológica a la industria, y, como consultor privado, asesora a empresarios deseosos de incursionar en las turbulentas pero ricas aguas que él conoce bien.

Aunque resulta prematuro pronosticar el impacto de estos éxodos sobre el futuro de la primera y única empresa de investigación y desarrollo biotecnológico de la Argentina, el cambio en las leyes de patentes no permite avistar futuros emprendimientos como los realizados en los primeros años de Biosidus. Al menos, puede afirmarse que difícilmente ocurran estos desarrollos industriales si no se promueven por medio de incentivos políticos o económicos.

Por otra parte, otros competidores están surgiendo en el panorama latinoamericano con mucha fuerza, principalmente en Chile y en Brasil, pero también en Venezuela y, tímidamente, en Uruguay. Si bien estos países no cuentan con premios Nobel en su historia científica, están convencidos de que la biotecnología es una de las puertas más permeables para el desarrollo y el crecimiento. "Si mantienen una política científica que aliente concreta y sostenidamente la investigación y el desarrollo biotecnológicos, estos países probablemente superarán a la Argentina en este campo", coinciden varios investigadores argentinos.

El caso TPA

Cuando el coloso Genentech decidió fabricar por técnicas de recombinación genética el compuesto que en el cuerpo humano se conoce como TPA (activador tisular de plasminógeno), ya existían otros dos compuestos (la uroquinasa y, especialmente, la estreptoquinasa, ambos no recombinantes) capaces de disolver los coágulos sanguíneos que obstruyen las arterias coronarias y dan origen a gran parte de los ataques cardíacos. En 1986, el mercado mundial para drogas fibrinolíticas –anticoagulantes– se calculaba en mil millones de dólares, la mitad de los cuales provendrían de las ventas en Estados Unidos, donde se producen anualmente alrededor de un millón y medio de infartos coronarios, de los cuales 350 mil podrían beneficiarse enormemente con la aplicación inmediata del TPA.

Desde el comienzo, entonces, Genentech salió a pelear un mercado ya ocupado por drogas competidoras, y –para peor– con un precio de venta diez veces más elevado que la estreptoquinasa, un compuesto que daba muy buenos resultados, pero de difícil aplicación y con algunos efectos secundarios peligrosos.

Pero si estaba dispuesto a luchar con todas las armas a su alcance (esto es, científicas y de marketing) contra la estreptoquinasa, pronto se dio cuenta de que había subestimado el campo de batalla.

Entre 1982 y 1983, Genentech presentó pedidos de patentamiento en los Estados Unidos, en Gran Bretaña y en Japón. Si en su país de origen obtuvo todo lo que pidió –que no fue poco– en 1988, en Gran Bretaña los hados le fueron completamente desfavorables desde el principio. En tres instancias diferentes de los tribunales, el reclamo de Genentech fue rechazado, por distintas razones pero fundamentalmente por ser excesivo: no sólo pretendía el monopolio del procedimiento para fabricar el TPA recombinante y del producto resultante, sino también los derechos sobre el TPA natural, cuya obtención y comercialización se había asegurado por convenio previo con la investigadora belga que había logrado originalmente (en 1981) purificar la sustancia y luego clonarla. En suma, ambicionaba a cubrir todo lo ligado al TPA y a barrer del mapa a sus competidores.

Así, el laboratorio Wellcome, que también estaba trabajando en un TPA recombinante, logró frenarle el paso en Gran Bretaña, aunque luego encontró la venganza de Genentech en EE.UU. Media docena de sociedades biotecnológicas también salieron a pelearle a Genentech sus derechos de propiedad intelectual en Europa. En Japón, otras 18 empresas se opusieron a su pedido de patentamiento, que fue rechazado.

Con todo, la salida a la venta del TPA recombinante le reportó a Genentech 155 millones de dólares en el primer año (1988), lo que representa un récord mundial de ventas en nuevos productos farmacéuticos. Sin embargo, los problemas judiciales y las dudas de los médicos –que no justificaban pagar diez veces más por el TPA que por la estreptoquinasa, a la luz de las experiencias clínicas –no le permitieron a Genentech hacerse de los 400 millones de dólares que había estimado previamente para el año del lanzamiento del TPA recombinante. Genentech debió gastar el 40 por ciento de lo dedicado a los litigios en publicidad. Tras los juicios multimillonarios en dólares que perdió, la empresa líder en ingeniería genética quedó malherida.

Esto no sólo sirvió de moraleja a las empresas– "mejor negociar con los competidores antes que ir a juicio y perderlo todo"– sino que también dejó en claro que los pedidos de patentes con amplias reivindicaciones son asunto de los grandes. Las PyME biotecnológicas no están en condiciones ni de costear los litigios ni de esperar su finalización para poner en el mercado un producto que les llevó más de cinco años de investigación y algunos más de espera para la aprobación sanitaria. Hoy, la tendencia es sumar proyectos y realizar convenios entre empresas de todo tamaño con el fin de sacar un producto con los menores problemas posibles y con la rentabilidad más alta.

Por otra parte, el fallo inglés sentó el precedente de que producir algo que está en el cuerpo humano –como el TPA– es una copia y no un invento, por lo cual no puede ser patentado. Muchas empresas echarían mano a este dictamen para cuestionar los derechos de sus competidoras, aunque, después de la caída del muro de Berlín, hasta este principio está cambiando.

Capítulo II

DETECTIVES GENETICOS

La imagen de un hombre embarazado vale más que mil palabras.

Por más que, según las informaciones de prensa, el caso del filipino hermafrodita que concibió un hijo de su pareja masculina es más un fraude que un extraordinario fenómeno natural, no está muy lejos de la realidad de las manipulaciones médicas y biotecnológicas.

Por lo pronto, la posibilidad de producir un embrión humano en el laboratorio ya es cosa de todos los días y ocurre en las mejores familias, siempre que puedan afrontar un costo mínimo de entre 2500 y 4000 dólares por un set de ensayos de fertilización. La unión de un óvulo y un espermatozoide para dar origen a un nuevo ser humano puede hacerse directamente en un tubo de ensayo, con óvulos provenientes de su futura madre o de una dadora (anónima o bajo contrato) y con esperma del marido de la madre o de un banco de semen. Los embriones pueden transferirse de una mujer a otra sin más trámites que una sencilla operación, o aún menos que eso.

Aunque no se suele hacer, hoy es posible elegir el sexo del futuro hijo y ciertos caracteres dominados por un solo gen, como el color de ojos o de cabello. También es posible seleccionar los espermatozoides –cuando no los huevos– de acuerdo con sus virtudes para la sobrevivencia.

Pero tal vez lo más importante sean las posibilidades que ofrecen las nuevas técnicas de diagnóstico prenatal. Antes del desarrollo de la amniocentesis y otros métodos para obtener muestras del feto durante la gestación, los futuros padres con antecedentes familiares de enfermedades sólo contaban con el consejo de un especialista en genética, que estudiaba las probabilidades teóricas de que transmitieran algún rasgo patológico a sus hijos.

La obtención de líquido fetal permitió el estudio de los cromosomas y de las enfermedades genéticas más gruesas, como el síndrome de Down –conocido como mongolismo y caracterizado por la presencia de un cromosoma de más en el par 21. Pero la amniocentesis –y también el método de análisis de las vellosidades coriónicas de la placenta– brindan ahora nuevos frutos, gracias al desarrollo de la ingeniería genética.

El creciente número de técnicas para rastrear el genoma humano permite hoy detectar numerosas anomalías en los comienzos de la vida intrauterina (desde la hemofilia hasta la talasemia, la distrofia muscular de Duchenne y muchas otras). En la Argentina, algunos laboratorios especializados hacen diagnóstico de fibrosis quística en adultos por algo más de 150 dólares, y evalúan si el feto posee algún gen causante de la enfermedad por 850 dólares. Según el especialista Leonardo Satz, quien investiga en inmunogenética en la Universidad de Buenos Aires y es consultor de uno de estos sofisticados laboratorios, un estudio global –que abarca doce puntos de mutación en el genoma– ronda los 300 dólares. Seguramente muchos pensarán que se trata de poco dinero, cuando está en juego el futuro de un niño por nacer. En países donde el aborto es una alternativa legal, este tipo de análisis probablemente se convertirá muy pronto en rutina para las mujeres embarazadas.

A medida que las técnicas que hoy pueblan los laboratorios de investigación lleguen a los de análisis clínicos, muchas otras alteraciones podrán ser encontradas tempranamente, abriendo las puertas a la prevención de enfermedades hasta hoy ineludibles.

Además del estudio directo de la composición genética, otros estudios indirectos están al alcance de la mano, tales como el dosaje de hormonas y ciertas proteínas que son claves para el desarrollo. En este campo, la invención de los anticuerpos monoclonales realizada por el argentino –residente en Gran Bretaña– César Milstein no sólo le valió el Premio Nobel sino también permitió la creación de innumerables pruebas diagnósticas ultraespecíficas.

Los anticuerpos son proteínas fabricadas por ciertas células de la sangre como respuesta defensiva ante la detección de una molécula extraña, llamada antígeno. Cualquier sustancia extraña al organismo se constituye en un antígeno. Una bacteria o un virus pueden presentar varios antígenos en su superficie celular, y por lo tanto desencadenarán la producción de varios anticuerpos, uno para cada antígeno.

Los anticuerpos se obtenían hasta mediados de los '70 a través de un engorroso proceso de inyección de antígenos en un animal para luego extraer los anticuerpos que éste producía. El problema era la purificación de estos anticuerpos y su limitada producción. "Encontrar la manera de producir anticuerpos puros en grandes cantidades para aplicaciones médicas era un viejo sueño de los inmunólogos. Köhler y Milstein abrieron la vía para este objetivo con la producción de hibridomas", dice el genetista británico Roger Warr.

Los **anticuerpos monoclonales** son el producto de una célula artificial –el "hibridoma" – fabricada por Milstein y Köhler en el laboratorio a partir de la fusión de dos células de ratón: una, procedente del bazo, que produce un anticuerpo específico; y otra, cancerosa, capaz de reproducirse sin descanso en el laboratorio. Con esta combinación, los científicos obtuvieron un híbrido celular inmortal y abrieron las puertas para la producción ilimitada de anticuerpos contra cualquier agente.

Diseñados a medida de lo que se quiere estudiar, los anticuerpos monoclonales actúan como perros de caza que ladran sólo cuando encuentran al antígeno sospechoso, y no lo sueltan nunca más. Cada anticuerpo monoclonal reconoce una y sólo una sustancia extraña al organismo. En muchas situaciones, la presencia o ausencia de una de estas sustancias es suficiente para diagnosticar una enfermedad provocada por un virus o una bacteria e, incluso, un embarazo.

Los anticuerpos monoclonales son utilizados hoy en investigación básica, diagnóstico de enfermedades infecciosas o bacterianas y, aunque en menor medida, también para tratar algunas dolencias.

Por otra parte, el estudio genético de los antígenos de microbios patógenos y de los anticuerpos que el ser humano produce contra ellos también desembocó en la fabricación de kits para diagnosticar enfermedades que hoy afectan a millones de personas. En la Argentina, Mariano Levin, del Instituto de Ingeniería Genética y Biología Molecular (INGEBI), descubrió antígenos que sirven como reactivos para diagnosticar de manera precisa la enfermedad de Chagas en cualquier estadío. Este mal afecta entre 2 y 3 millones de argentinos y es producido por un parásito –*Trypanosoma cruzi*– que llega al ser humano por medio de las vinchucas, insectos muy comunes en viviendas pobres.

No todos los infectados por el parásito desarrollan los síntomas graves de la enfermedad de Chagas. Sólo un 10 a un por 20 ciento de los infectados llegarán a padecer, después de muchos años de aparente normalidad, problemas cardíacos que finalmente los conducirán a la muerte. Recientemente, Levin y su equipo encontraron ciertos antígenos que permitirán predecir quiénes llegarán a la etapa de padecimientos cardíacos de la enfermedad y quiénes no.

Siempre y cuando el convenio entre el INGEBI –estatal– y las empresas que invirtieron en esta investigación no naufrague, como suele ocurrir en la Argentina.

Drogas del porvenir

El diseño de drogas para tratar enfermedades es no sólo uno de los mayores negocios del mundo sino también una de las áreas que más se benefician de las nuevas biotecnologías (al mismo tiempo que empujan su desarrollo).

Si los primeros tiempos de la ingeniería genética estuvieron marcados por la fabricación de distintas proteínas (insulina, hormona de crecimiento) a partir de la introducción de genes humanos en bacterias, hoy esa etapa está comenzando a ser superada por tecnologías que ya no intentan conseguir compuestos lo más parecidos posibles a los naturales sino moléculas que sean mejores que las que produce el cuerpo humano. "Estamos tomando los procesos que aprendimos de la naturaleza, pero redirigiéndolos en una manera completamente diferente", dice Thomas Cech, quien recibió el Nobel por haber descubierto que el ARN puede comportarse como una enzima, y hoy lidera la nueva compañía Ribozyme. Por su parte, Harvey Berger –quien fundó la flamante empresa ARIAD, que reúne a varias de las vedettes científicas del momento– considera que ha comenzado la segunda generación de productos biotecnológicos. Estos no son sólo proteínas sino también diversos tipos de ácidos nucleicos, hidratos de carbono y lípidos.

Siguiendo una línea de acción heredera del tradicional diseño de drogas, algunas empresas están construyendo y probando compuestos que encajan específicamente en ciertos receptores ubicados en la superficie de las células. Al bloquear de este modo la puerta de entrada celular, se impide la interacción de la célula con otras sustancias que desencadenan respuestas celulares. Algunos científicos norteamericanos están usando ciertos azúcares con este fin. Otros apuntan a los péptidos. En todos los casos, se trata de un diseño molecular de alta sofisticación, que echa mano a complejos modelos y programas informáticos para planear la molécula que más perfectamente se ajuste a cada receptor químico. Los objetivos se sitúan en torno de las enfermedades inflamatorias, tales como la artritis reumatoidea y la esclerosis múltiple, así como también buscan impedir los fenómenos de rechazo en los trasplantes.

En los últimos tiempos, los lípidos han sido rescatados del ostracismo al que habían sido recluidos un poco por insípidos y otro poco por la fobia al colesterol. Tras años de tratar de convencer a sus pares, finalmente Robert Bell, de la Universidad Duke, consiguió poner a los lípidos en la primera plana biotecnológica. El lípido conocido por su sigla DAG (diacil glicerol) actúa como disparador de importantes sucesos vinculados al crecimiento y división celular que llevan a los tumores malignos. El desarrollo de reguladores de la síntesis de este lípido podría ayudar a quienes padecen las más letales dolencias de este siglo (cánceres, afecciones cardiovasculares).

Los laboratorios farmacéuticos también están intentando modificar algunas de las señales que se transmiten dentro de las células. Interrumpir selectivamente algunos mensajes puede ser la manera más práctica de frenar un proceso inflamatorio o de intervenir en el intercambio de iones entre la célula y el medio. Existen múltiples caminos por los cuales circulan las señales de activación celular, pero aún falta mucha investigación en cada uno de ellos antes de que estos productos puedan hallarse en la farmacia más próxima.

Finalmente, está el promisorio capítulo de las **vacunas** producidas por ingeniería genética. En lugar de usar a los microbios muertos o atenuados para provocar una respuesta defensiva del organismo, la nueva estrategia es ensamblar sólo la molécula que constituye el antígeno viral dentro de microorganismos, generando así una respuesta inmune altamente específica.

El procedimiento consiste en introducir un gen viral que codifica una proteína antigénica (con capacidad de generar una reacción defensiva en otro organismo) dentro de bacterias (por ejemplo, *E. coli*) o en levaduras. Ellas se encargarán de sintetizar enormes cantidades de esta proteína viral, que será purificada y vendida como vacuna contra el virus.

Otra posibilidad –no exenta de controversias– es recombinar dos virus diferentes, como el de la viruela y el de la rabia, para inmunizar contra una de las dos enfermedades. Estas vacunas "vivas" deben pasar severas pruebas para mostrar que no presentan riesgos para la población general. Pero no es fácil –y, como se verá en el capítulo V, cada vez lo es menos– conseguir conejillos de Indias humanos para ensayarlas.

La última tendencia en este tema es el desarrollo de vacunas fabricadas con virus o bacterias que contengan antígenos de varios patógenos. De esta manera, un sujeto quedaría simultáneamente inmunizado contra distintas enfermedades. Cuanto menos dos vacunas de este tipo, producidas por técnicas de ADN recombinante, se están investigando actualmente.

Claro que el capítulo de las vacunas está influido por fuertes intereses económicos y políticos. Así como se obtuvo rápidamente una vacuna recombinante contra la hepatitis B –enfermedad que pone en peligro a ciudadanos de países industrializados, especialmente a los profesionales de la salud– que puede venderse a buen precio, no resulta fácil conseguir fondos para investigar y desarrollar vacunas contra enfermedades que afectan a los pobres, que son millones pero no pueden pagarlas. Por ejemplo, Genentech dejó de participar en una investigación que se llevaba a cabo en la Universidad de Nueva York para desarrollar una vacuna contra la malaria, debido a beneficios potenciales escasos. La única salida a este cuello de botella es la participación de los estados en la financiación de los proyectos de vacunas o en la promoción de estos proyectos con distintos incentivos.

La otra cara de la moneda la muestran las 27 vacunas diferentes contra el virus HIV (causante del SIDA) que se encuentran en distintas fases de investigación. También la gripe es una candidata muy solicitada por los diseñadores de vacunas. Incluso se están estudiando posibles vacunas para impedir la eclosión del cáncer de ovario. Alrededor de 30 empresas biotecnológicas están actualmente involucradas en este complejo negocio.

De todos modos, hoy las apuestas que más excitan a los científicos–empresarios son las moléculas farmacéuticas que actúan directamente sobre la información genética. Muchas de estas moléculas no son más que ácidos nucleicos sintetizados en el laboratorio, destinados a interrumpir la transmisión de las órdenes del ADN desde el cerebro celular a la fábrica de proteínas ubicada en el cuerpo de la célula.

Para entender –aunque sea someramente– de qué se trata, es necesario empezar por el principio, haciendo un **racconto** sobre el mecanismo general que, en todos los seres vivos, lleva desde un gen hasta la fabricación de una proteína específica.

De los genes venimos, y a los genes vamos

Como ya se dijo en la introducción, Watson y Crick hicieron mucho más que descubrir la estructura molecular del ADN. Ellos transformaron el fantasmagórico concepto de gen en algo material, posible de ser manipulado. Además, insinuaron el camino de la replicación del ADN, es decir, la forma en que este compuesto químico genera copias idénticas de sí mismo, proceso indispensable para generar células hijas y la reproducción en general.

Con un microscopio no muy complejo, es posible visualizar que el ADN se encuentra en el núcleo de la célula en estructuras llamadas cromosomas. Cada especie posee un número característico (en el *Homo sapiens* son 23 pares) que se transmiten de generación en generación de manera casi idéntica. Las únicas diferencias entre la composición cromosómica de una madre y un hijo se deben al aporte de los cromosomas del padre. Existen otras variaciones –conocidas como mutaciones– que a veces son naturales y otras, fruto del medio ambiente (por ejemplo, la radiación recibida por la madre durante la gestación).

Lo que aquí importa es que los cromosomas son la sede de los genes. Para "observar" a los genes ya no basta un microscopio; es necesario recurrir a manipulaciones bioquímicas y físicas. Y para comprender a qué se refieren los científicos y los diarios cuando hablan de avances y descubrimientos en biotecnología, ya no basta planear cómodamente por encima de los edificios moleculares. Es necesario entrar en ellos, y empezar por los cimientos.

Todo el poder a las bases

La información genética está codificada en los seres humanos dentro del núcleo de las células, en un compuesto químico conocido como ADN (ácido desoxirribonucleico).

Este ácido nucleico está conformado por estructuras denominadas nucleótidos, que se alinean en dos cadenas paralelas que se enrollan sobre sí al modo de una escalera de caracol. Lo esencial para lo que aquí interesa son las bases –los peldaños de esa escalera– que componen los nucleótidos.

Existen 4 tipos de bases [citosina (C), guanina (G), adenina (A) y timina (T)] que, al modo de ladrillos, construyen la pared de información que sostendrá el edificio de cada ácido nucleico.

Para construir estas paredes, sólo hay que cumplir con dos reglas básicas. En primer lugar, los ladrillos se deben colocar en línea, unos detrás de otros, formando una secuencia (por ejemplo, TAGTTAC). En segundo término, existe una complementariedad entre las bases, de modo que cada tipo de ladrillo de una cadena sólo encastrará perfectamente con otro tipo de la cadena de enfrente (por ejemplo, la A sólo se une con la T, y la C con la G). Este encastre permite que las dos cadenas que constituyen la molécula de ADN se mantengan unidas.

Si las bases pueden ser imaginadas como ladrillos, la capacidad de encastrarse por complementariedad representa la mezcla o argamasa.

Esta complementariedad sostiene todo el edificio que permite la vida. Por un lado, funciona como molde para que el ADN se autorreproduzca, sacando una copia (complementaria) de sí mismo. Por otro lado, sienta las bases para que la información del ADN salga del núcleo y llegue al citoplasma, donde se fabrican las proteínas de acuerdo con las órdenes genéticas. En palabras de Watson, “los genes tienen la doble función de dictar la constitución de más ADN, idéntico a ellos mismos, y de dictar la constitución de proteínas, muy diferentes de ellos mismos”.

Pero para que los mensajes genéticos contenidos en el ADN del núcleo celular puedan convertirse en proteínas en el citoplasma de la célula, hacen falta varios pasos. No hay que olvidar que la información está escrita en un código químico que debe ser descifrado. Y que las órdenes cifradas deben ser llevadas por un correo químico desde el núcleo hasta el cuerpo de la célula.

Claves secretas

La síntesis de proteínas involucra dos mecanismos: primero hay que transcribir las órdenes genéticas a un mensajero; luego hay que descifrar el mensaje, traduciéndolo al lenguaje de las proteínas.

El primer proceso implica la **transcripción** de la información de un ácido nucleico de dos cadenas (ADN) a otro de una sola hebra (ARN), que actuará como correo o mensajero. Este ARN que oficia de mensajero (llamado ARNm) se construye a imagen y semejanza del ADN, sólo que es su copia complementaria. Allí donde dice "C", el ARN lee "G". Pero, además, el ARN reemplaza la timina por el uracilo. Donde encuentre "A", el ARNm copiará "U" en vez de "T".

El segundo proceso, que tiene lugar en el citoplasma, consiste en la **traducción** de la información codificada que trae el ARN, a los aminoácidos que conforman cada proteína.

Una de las mayores genialidades producidas por la ciencia de este siglo fue el desciframiento del código genético inscripto en las bases del ADN y copiado por el ARN que lleva los mensajes.

La clave de este código –común a todas las formas de vida sobre la Tierra– es que a cada codón (formado por tres bases consecutivas del ARNm ordenadas en cierta secuencia) le corresponde un aminoácido específico. Así, cada vez que el ADN dice "AAA", el ARN –que reemplaza la timina por el uracilo– transcribe "UUU", y en el citoplasma se traduce por el aminoácido llamado "fenilalanina". De este modo, traduciendo cada codón a su respectivo aminoácido, se van ensamblando las proteínas que constituyen la base de toda la vida.

Además de servir a estas funciones naturales, la complementariedad ha sido explotada por la ingeniería genética con propósitos diagnósticos; para combinar el patrimonio genético de distintas especies; y hasta para planear la cura de enfermedades genéticas. Son tantos y tan formidables los usos que se le puede dar a la complementariedad de bases de los ácidos nucleicos, que conviene ir paso a paso, desde el principio de la historia.

Atracción vital

Cuando los científicos se dieron cuenta de que, bajo condiciones apropiadas, dos cadenas o hebras de ADN podían pegarse con la sola condición de que tuvieran bases complementarias –sin importar si pertenecían o no al mismo individuo o especie–, se abrió la enorme puerta de la manipulación genética.

Basta entonces con tener una cadena de ADN (obtenida a partir de una célula o fabricada artificialmente en el laboratorio) para usarla cual perro de policía para rastrear su secuencia complementaria en cualquier muestra de ADN. Este método de encastre entre secuencias complementarias se llama **hibridación.**

Una de las maneras en que los especialistas usufructan este hecho es marcando (con medios radioactivos u otros) la cadena de ADN que hace de cazadora –llamada *probe* o **sonda genética**–, de manera de localizarla rápidamente cuando encuentra a su presa en el ADN que se investiga.

Una sonda es un filamento corto de ADN que puede "olfatear" una secuencia específica entre millones de moléculas de ADN, y "encender un faro" para que el científico la encuentre y aísle.

Con el sondeo genético se puede detectar una ligera diferencia en una secuencia de bases, diferencia que puede ser el origen de una enfermedad hereditaria o disparar la formación de un tumor. Pero algunas diferencias no son patológicas y sí permiten, en cambio, distinguir a un individuo entre muchos otros, o emparentarlo con su familia biológica. Volveremos sobre esto luego.

Otra consecuencia que el hombre sacó del poder de encastre de las bases y del código genético fue el descubrimiento de un gen a partir del conocimiento de una parte de la secuencia de aminoácidos de la proteína que codifica. Algo así como conocer el principio de una historia leyendo primero el final. Efectivamente, cada aminoácido conocido puede ser traducido –según el código genético universal– a las tres bases originarias del ADN. Aunque es un proceso bastante costoso, permite reconstruir el gen de cualquier proteína.

Corte y confección

Si una pata de la manipulación genética fue la complementariedad de las bases junto con la estructura del ADN, y otra el desciframiento del código genético, la mesa sólo pudo sostenerse –y comenzar a generar dólares– cuando se sumó la pata de las tijeras biológicas.

El descubrimiento de enzimas de restricción que cortan el ADN en lugares muy específicos permitió nada menos que dar el salto entre especies.

Estas tijeras biológicas –comunes a muchas formas de vida, desde las bacterias al hombre– operan sobre la doble hélice del ADN, del siguiente modo: cada vez que reconocen una secuencia familiar (por ejemplo, GAATTC), cortan el ADN, originando fragmentos de distintas longitudes. Estos pedazos pueden tener extremos "pegajosos" que permiten **recombinarlos** con otros fragmentos de ADN.

Justamente, el **clonado** que inició la era de la ingeniería genética fue posible gracias a estas tijeras biológicas.

Para clonar un gen humano –es decir, para aislar un gen o para reproducir copias idénticas de una determinada secuencia de ADN– hacen falta tres ingredientes: un pedazo de ADN, un vector que haga de transporte de carga genética ajena y una bacteria. ¡Ah!, no hay que olvidar unas buenas tijeras genéticas.

La receta manda empezar por cortar el ADN con enzimas de restricción. Paralelamente, hay que cortar con las mismas tijeras el ácido nucleico del vehículo ("vector") que llevará el gen deseado a una célula bacteriana.

Cada fragmento del ADN humano es insertado luego dentro de un vector (esto es posible porque han sido cortados por la misma tijera y entonces sus extremos libres y complementarios se pegan). El resultado es un vector (un plásmido o un virus) que contiene su propia información genética más la del gen humano que se le incorporó.

El conjunto de vectores recombinados genéticamente con cada fragmento de ADN humano forma, una vez incorporados a células huésped, lo que los especialistas denominan una "biblioteca genética" o **genoteca.** Cada vector es un libro donde es posible leer un poco de información genética humana. Así los científicos aíslan cada gen o fragmento genético que desean conocer o usar.

Si se quieren obtener cantidades industriales de la proteína codificada por ese gen, hay que introducir los vectores en ciertos microorganismos (por ejemplo, en la famosa *Escherichia coli*). Tras el cultivo de éstas en medios adecuados, cada colonia de bacterias expresará la proteína humana que venía codificada en el ADN transportado por el vector. Se tratará entonces de localizar la colonia que está produciendo la proteína deseada, alimentarla para que fabrique mucha proteína y luego purificarla. Todo esto requiere equipamientos especiales y controles rigurosos.

En los primeros tiempos de la ingeniería genética –esto significa en los lejanos años '70– el clonado sirvió para producir proteínas humanas en cantidades industriales gracias a bacterias manipuladas genéticamente. Este método se llevó más allá, recombinando el gen de la hormona del crecimiento humano en otros animales y dando lugar a productos farmacéuticos que van desde drogas hasta vacunas. Hoy incluso se clonan algunos genes directamente en células vegetales.

Pero llegó el día en que se encontró una manera más rápida y eficiente de sacar fotocopias de un gen que el clonado. Pero eso son los ´80, y aún falta bastante para entrar en su fiebre de invenciones biotecnológicas.

Lo esencial es invisible a los ojos

Aunque un microscopio electrónico sirva para "localizar'' el material genético, si se quiere caracterizar la estructura y función de los genes es indispensable recurrir a otros métodos, que involucran en general una combinación de técnicas moleculares y análisis fisicoquímicos.

En el ADN humano existen 3 mil millones de pares de bases distribuidas en los 23 pares de cromosomas de cada célula. Un gen puede ser muy pequeño y comprender, como el interferón, 2000 pares de bases; o muy grande, como el que causa la distrofia muscular, que ronda los 2 millones de pares de bases.

En su conjunto, el genoma humano contiene no más de 100 mil genes diferentes, que gobiernan el funcionamiento y la estructura de las proteínas expresadas en todas las células.

Pero ya es hora de aclarar que los genes no siempre lo deciden todo: el medio ambiente (tanto en términos de rayos X como en el más ambiguo de ambiente familiar) también influye sobre la actividad celular y los genes mismos.

Escuchando a los mudos

Para comprender por qué algunos niños padecen una enfermedad genética que sus padres no manifiestan, o que sus hermanos ni conocen, es necesario partir de ciertas disquisiciones.

Un niño recibe en sus células dos copias de cada gen: una fue la aportada por su madre y otra por el padre. Ambas copias o informaciones para fabricar una misma proteína (llamadas **alelos**) quedan guardadas en lugares específicos de un par de sus cromosomas. Si ambos alelos "dicen" lo mismo (pelo rubio, por ejemplo), se trata de un homocigota para ese carácter, y saldrá rubio nomás; pero si sus informaciones difieren (papá dice "rubio" y mamá "castaño"), se lo considera heterocigota, y nacerá con pelo castaño, en tanto este carácter domina sobre el rubio.

Los dos alelos del gen de la proteína CFTR deben estar alterados para originar la fibrosis quística, que mata a 1 entre 2500 caucásicos debido a un exceso de mucus en los pulmones, entre otros desórdenes. Los individuos heterocigotas (con una mutación en un solo alelo, en lugar de en los dos) no padecen la enfermedad, ya que la mutación es recesiva, pero pueden transmitirla a algunos de sus hijos.

Lo más curioso es que las partes codificantes del genoma –las que llevan información para fabricar las proteínas, por ejemplo, las que significan algo como "rubio" o "insulina" o "CFTR"– sólo constituyen un 5 por ciento del ADN humano. El resto, permanece "mudo" y aún no se comprende del todo para qué sirve.

A las partes que contienen información y significado (y son por lo tanto transcriptas en el ARN_m), se las llama **exones.** Pero los genes no son una secuencia continua y lineal de bases codificadas, sino que están constituidos por exones interrumpidos cada tanto por secuencias de bases sin significado, conocidas como **intrones.**

Por fuera de los genes (con sus exones e intrones), existen largas secuencias de bases que nadie sabe para qué sirven. Estas secuencias mudas separan a un gen de otro.

Pero aunque no cumplan una función en la síntesis de proteinas, los trechos silentes contienen regiones hipervariables entre los individuos, que están siendo aprovechadas de múltiples formas por los científicos.

Otra clave secreta

Para fabricar proteínas, la información contenida en el ADN –en sus exones– debe salir del núcleo para llegar al citoplasma, donde será leída y traducida de acuerdo con el código genético– un triplete de bases = un aminoácido– para formar las proteínas.

Sin embargo, en el cerebro no se producen las mismas proteínas que en el hígado. Si todas las células del cuerpo poseen la misma información genética, ¿cómo sabe cada célula qué proteínas producir y cuáles dejar reprimidas?

No todos los genes se expresan –es decir, ordenan fabricar una proteína– en los mismos lugares y al mismo tiempo. La señal de largada para que un gen comience a correr la carrera que terminará en la proteína depende de un grupo de secuencias de ADN a veces adyacentes al gen, conocidos como promotores y reguladores.

Sólo en determinadas circunstancias –que pueden depender de un estímulo hormonal, de un cambio de temperatura, u otra señal externa– se activa el proceso de transcripción de información genética o se quita el "freno" que habitualmente reprime la expresión de un gen.

Si el gen es activado, el primer paso será la separación de la doble cadena que constituye al ADN para que el ARN entre en acción. Una enzima provoca que, de una hebra de ADN, se fabrique una copia complementaria de ARN, con la única diferencia de que el uracilo reemplaza a la timina, y el azúcar ribosa al azúcar desoxirribosa. Este ARN se conoce como premensajero, y contiene –al igual que el ADN– tanto los exones como los intrones de un gen.

Por un mecanismo llamado **splicing** se sacan todos los intrones, de modo que el ARN mensajero (ARNm) que viajará al citoplasma contiene sólo información en código (exones). "Este mecanismo permite que hayan diversos rearreglos de los exones –como si fueran módulos genéticos que se arman de diferentes maneras–, de tal manera que una secuencia de ADN puede conducir alternativamente a distintas proteínas, según la combinación de exones que se dé en cada ARNm", dice Alberto Kornblihtt, del INGEBI, quien investiga actualmente la regulación de la transcripción del gen de la fibronectina, una proteína indispensable para los animales vertebrados que, en el hombre, interviene en procesos tan disímiles como la coagulación sanguínea, la formación de tejidos durante el desarrollo embrionario y la adhesión de las células entre sí. Justamente, Kornblihtt fue uno de los que descubrieron que el splicing alternativo del gen de la fibronectina permite obtener distintos ARNm, que darán lugar a diferentes proteínas, capaces de cumplir funciones muy diversas.

El descubrimiento del *splicing* alternativo tuvo efectos revolucionarios sobre las teorías científicas en este campo, ya que puso fin a uno de los más preciados dogmas de la biología ("un gen codifica para una y sólo una proteína"). Ahora, se sabe que un mismo gen puede servir para fabricar distintas proteínas, de acuerdo con la combinación de sus módulos.

Elogio de las diferencias

"Las especies animales –y especialmente la humana– poseen dos características principales: la diversidad y la identidad. Esta hace que sólo los miembros de una misma especie deseen –y consigan– reproducirse. La diversidad de una especie da cuenta de que –con excepción de los gemelos– cada individuo esté constituido por un ensamblaje único de genes, que lo hace diferente de todos sus congéneres. El sustrato de esta identidad y diversidad está en los genes'', señala el investigador belga G. Vassart.

Como ya hemos dicho, todos los seres humanos tienen los mismos genes para fabricar proteínas tales como la insulina, la hemoglobina o las hormonas. El ADN no puede darse el lujo de cambiar las secuencias de bases que codifican para la síntesis de una proteína indispensable para la vida. Pero hay ciertas regiones mudas del ADN –que no codifican para ninguna proteína– que sí pueden darse este lujo, y, de hecho, presentan una gran variabilidad entre los individuos. A estas diferencias, producto de mutaciones inofensivas, se las llamas **polimorfismos**.

Se calcula que, de los 3 mil millones de pares de bases del genoma humano, unos 3 millones son diferentes entre los individuos. Vassart estima que 1 base de cada 500 es diferente por cada par de cromosomas de un individuo.

Estos polimorfismos han sido utilizados para diagnosticar no sólo enfermedades genéticas familiares sino también para estudiar la identidad de los individuos, tanto en medicina forense (casos de asesinato, violación, etc.) como en pruebas de paternidad.

Hay diferentes tipos de polimorfismos. En las regiones muy variables del genoma humano, por ejemplo, existen ciertas secuencias que se repiten muchas veces. Entre estas secuencias, hay algunas que se caracterizan por ser repeticiones de secuencias cortas en tandem (es decir, pegaditas una tras otra). Son los **minisatélites**.

La variabilidad de los minisatélites entre un individuo y otro se da por un aumento o disminución del número de repeticiones de las secuencias en tandem, que se produce a lo largo de la evolución cuando aparecen o se eliminan secuencias. Una secuencia en tandem puede repetirse mil veces en un sujeto y veinte mil veces en otro.

Como éste y otros polimorfismos se heredan de manera mendeliana de padres a hijos, es posible utilizarlos como "apellidos genéticos" que identifican a un sujeto como perteneciente a una familia determinada. Algunos son tan específicos– al punto de que prácticamente ninguna otra persona en el mundo, salvo sus parientes, podría presentar una configuración de bases semejante– que permiten identificar a un individuo como si fueran "huellas dactilares genéticas".

Hoy basta un cabello, una gota de sangre o semen, un pedazo de cualquier tejido –con tal de que contenga alrededor de una millonésima de gramo de ADN– para descubrir a un delincuente o para hacer la identificación de un cadáver. Pero todo empezó de una manera no tan fácil, al seguir la pista de las enfermedades hereditarias.

Detectives genéticos

Cuando se usan tijeras biológicas para cortar ciertas regiones del ADN, se generan fragmentos de ADN. Pero no todos presentan la misma longitud. Una mutación puede haber afectado puntualmente a una base, haciéndola desaparecer, insertándola allí donde no estaba, o cambiándola por otra. Si se trata de una región "muda", la mutación no provocará ningún efecto en la síntesis de proteínas, pero tal vez modifique el lugar de corte de una enzima de restricción.

Así, una tijera que cortaba en un sitio determinado, ahora lo pasará por alto. O quizás cortará en un lugar que antes de la mutación le era indiferente. El resultado de estos cambios es la variabilidad en la longitud de los fragmentos de ADN. Este **polimorfismo de los fragmentos de restricción** (conocido como **RFPL**) se ha constituido en el centro de una técnica para estudiar el ADN, mapear el genoma humano y diagnosticar una serie de enfermedades hereditarias.

Por un lado, estas mutaciones de los sitios de restricción se heredan de padres a hijos. Por el otro, como muchas veces se transmiten junto (**ligadas)** con otra secuencia de ADN durante los procesos de formación de células sexuales, pueden servir como "marcadores" de la ubicación de un gen de interés, presuntamente responsable de una enfermedad genética familiar.

Cuanto más próximas se encuentran entre sí dos porciones de un cromosoma, menos tienden a recombinarse. Las secuencias que se heredan ligadas, están teóricamente muy cerca en un mismo cromosoma.

Estudiando los árboles genealógicos de familias afectadas por una determinada enfermedad, se pueden detectar RFLP que actúen como marcadores del gen de la enfermedad o que permitan construir sondas para diagnosticarla en cualquier individuo.

Por ejemplo, James Gusella y su equipo de la Escuela de Medicina de Harvard estudiaron el ADN de familias enteras con miembros afectados por la corea de Huntington, una enfermedad caracterizada por movimientos irregulares, trastornos del lenguaje y de la memoria, y demencia. Ellos fueron los primeros en encontrar un marcador (una mutación que daba lugar a un típico RFLP) que se heredaba siempre en compañía del gen causante de la enfermedad. Ese marcador sirvió para descubrir aproximadamente el lugar cromosónico donde se aloja el gen y para construir pruebas diagnósticas.

Como esta enfermedad es dominante, basta que uno de los miembros de una pareja tenga una copia del gen alterado para que la mitad de sus hijos la herede y esté condenado a sufrir los síntomas que aparecen generalmente después de los 50 años. Hacer un diagnóstico temprano en adultos que son portadores de la alteración pero aún asintomáticos puede ser decisivo a la hora de la planificación familiar.

Pero además de esta variabilidad en los sitios de restricción, existen otros motivos o temas polimórficos en el genoma, ubicados en regiones hipervariables. Se trata de los **minisatélites** referidos anteriormente. Estas secuencias repetitivas (que muchos llaman VNTR) varían en número según los individuos. Son tan diferentes entre las personas (no emparentadas) que resultan ideales para identificarlas y funcionar como marcadores.

Tras las huellas del ADN

Fue Alec Jeffreys, un genetista de la Universidad de Leicester, Gran Bretaña, el que desarrolló una técnica conocida como **fingerprinting**, que consiste en sacar las huellas dactilares no del pulgar sino del ADN de un sujeto.

Jeffreys publicó su revolucionaria invención en 1985. Lo que Jeffreys y sus colegas descubrieron fue que el genoma humano presenta muchos minisatélites que comparten entre sí una misma secuencia de bases central ("core"). Jeffreys encontró que dos de estas secuencias resultaban ideales para convertirlas en sondas capaces de detectar simultánemanete muchas regiones hipervariables en un muestra de ADN. Los británicos supieron el enorme valor de su hallazgo desde el principio: el artículo de *Nature* en el que publicaron sus resultados alertaba en letra pequeña que las sondas ya habían sido patentadas.

En una prueba de la velocidad supersónica con que los nuevos hallazgos moleculares pasan del laboratorio a las escenas de la vida cotidiana, Jeffreys mismo aplicó su técnica de las huellas dactilares genéticas por primera vez en 1987 para resolver un caso de supuesta inmigración ilegal.

Se trataba de una mujer africana que residía legalmente en Inglaterra. Según ella, su hijo había viajado a Ghana para pasar una temporada con su padre, y retornaba a Londres. Las autoridades de inmigración sospechaban que ese niño del aeropuerto no era el mismo que se había marchado meses atrás. Jeffreys aportó evidencias que probaron sin duda que el niño era hijo de esa madre y, por lo tanto, tenía derecho a obtener sus papeles en regla en Gran Bretaña. Para ello no se basó en los hasta entonces usados análisis de grupos sanguíneos, y ni siquiera en el estudio de los antígenos de histocompatibilidad (muy efectivos a la hora de señalar a un padre biológico ausente o desconocido). Simplemente trabajó con un poco de ADN del niño, otro poco de la madre y otras muestras de los hermanos supuestos del niño.

Muy bien. Pero ¿cómo se sacan las huellas dactilares del ADN? Lo primero es aislar de la muestra el ADN y cortarlo con tijeras biológicas. Los fragmentos resultantes se ponen a "correr" en un sistema que los separa según el tamaño. El más corto llegará primero a la meta. Luego le seguirán los otros fragmentos, ordenados decrecientemente de acuerdo con su longitud. Para poder seleccionar y "ver" aquellos fragmentos que interesan por su hipervariabilidad es necesario agregar una sonda genética marcada (radioactivamente o por otros medios). Para finalizar, se les saca una especie de radiografía, que da por resultado una placa que muestra bandas –es decir, cada fragmento de ADN hibridado– ordenadas de arriba a abajo. Este patrón de bandas es la huella dactilar genética de ese individuo. Las bandas que aparecen en la placa son tan individuales como las barras que identifican a cada producto en el supermercado. En verdad, cualquiera que mire esa radiografía pensará que se trata del código de barras de un producto, más que de la huella genética de un individuo.

Si se quiere saber si ese individuo –por caso, un niño– es hijo de dos personas determinadas, hay que comparar su "codigo de barras" con los de sus supuestos padres. En general, la filiación puesta en duda es la del padre. Entonces, se tratará de restar, en el patrón de bandas que muestra el ADN del niño, las barras heredadas de su madre. Las que quedan, necesariamente deben corresponder al padre biológico. Si el supuesto padre no presenta esas barras en su patrón, definitivamente no es el padre. Si las presenta en su totalidad, es prácticamente imposible que no lo sea. Si presenta algunas sí y otras no, se abre un abanico de posibilidades que no siempre se pueden resolver.

Según Jeffreys, dos sondas para fingerprinting alcanzan para obtener una huella dactilar de un individuo con 36 bandas (alelos polimórficos).

La probabilidad de que este sujeto comparta todas esas bandas con otro individuo (no pariente) es de por lo menos 2×10^{-22}, una cifra tan infinitamente pequeña que cae dentro de lo imposible. La probabilidad de que dos hermanos tengan huellas dactilares idénticas es de 3×10^{-14}, probabilidad también infima (menos de 1 probabilidad en un billón). Conclusión: las **fingerprints** son más específicas para un individuo que las huellas de su pulgar. "Pero no son infalibles'', advirtió Jeffreys en una conferencia que dió en Irlanda en 1986.

Todas sus virtudes no le bastaron a esta técnica para sortear las críticas que se abatieron como aguacero en los últimos tiempos. La objeción principal apunta a uno de sus pilares: la base de datos genéticos poblacionales con la que se contrasta estadísticamente cada caso.

Es que no todo termina con la obtención de la huella dactilar de una muestra y la comparación con la de los parientes.También es necesario compararla con la frecuencia con que se presentan esas bandas en una población dada. Algunos alelos se presentan más frecuentemente que otros.

Por una parte, esos bancos de datos pertenecen en general a empresas privadas o instituciones (FBI) que no brindan información sobre sus fuentes y que usan además distintos sistemas para obtener sus datos. Por otra parte, muchas veces esas poblaciones están armadas sin tomar en cuenta los sub-grupos étnicos o raciales. Por ejemplo, la población norteamericana puede estar considerada en general, o dividida en hispanos, puertorriqueños y otras comunidades que tienden a combinarse genéticamente entre sí, dando lugar a frecuencias propias de alelos. No tomar en cuenta estos sub-grupos puede llevar a errores estadísticos graves y, lo que es peor, a condenas a veces irreversibles.

Otros cuestionamientos señalan la posible contaminación de la muestra con cualquier elemento extraño, desde microorganismos hasta el ADN del científico. Si bien esta contaminación puede controlarse en el laboratorio si se toman ciertas medidas, es cierto que es difícil evitarla en la escena del crimen.

Con todo, los investigadores han ideado métodos para superar algunos obstáculos. Una estrategia básica es tomar en cuenta varias secuencias repetitivas diferentes para hacer un diagnóstico. Otra es usar sondas muy precisas, que garantizan una hibridación perfecta y reducen las probabilidades de error posterior. El problema más difícil de resolver es el de las frecuencias poblacionales con que se comparan los casos investigados. Obtenerlas requiere estudios muy caros. En muchos países, Argentina incluida, se "arman" estos datos poblacionales sobre datos publicados en el mundo que refieran a grupos similares a los locales. Los que tienen posibilidades económicas, chequean luego los resultados en laboratorios norteamericanos o franceses.

Las huellas dactilares genéticas se han utilizado con gran éxito en todo el mundo para resolver casos de violación, de asesinato, y de niños secuestrados con padres desaparecidos. Actualmente, tiene validez legal en las cortes europeas y norteamericanas. En la Argentina, se emplea esta técnica especialmente en casos de filiación, aunque son muy pocos laboratorios los que saben cómo hacerlo (uno de ellos, se encuentra en la Universidad de Buenos Aires).

El *fingerprinting* es una sofisticada técnica para rastrear el origen de poblaciones humanas muy antiguas. Entre sus aplicaciones médicas se encuentra el monitoreo de los trasplantes de médula ósea: si, tras la operación, el ADN de las células sanguíneas muestra el "código de barras" del donante, el trasplante ha sido todo un éxito. Por supuesto, también son usadas como marcadores de enfermedades hereditarias.

Pero no sólo los seres humanos tienen huellas dactilares genéticas. Estas han servido para estudiar el pedigree de razas animales de gran valor comercial; para verificar las muestras de semen que se utilizarán en inseminación artificial de ganado; y también para volver a sus lugares de origen a animales en riesgo de extinción que fueron rescatados del comercio ilegal. En los últimos años, una nueva técnica para amplificar el ADN incrementó sus posibles aplicaciones, aunque también dio lugar a otras técnicas que a veces son preferidas por sus menores costos o mayor precisión.

Ultimo grito de la moda en haute couture genética

Si bien las huellas dactilares genéticas tuvieron su hora de gloria, ahora es el turno de otras técnicas, cada vez más sofisticadas y elegantes, capaces de quitarles el aliento hasta a los mismos modistos de la ciencia.

La primera en salir a la pasarela –y a partir de entonces, vedette indiscutida del panorama molecular actual –fue la **reacción en cadena de polimerasa (PCR)**. Su impacto es cada día mayor, y nadie que se precie de estar a la moda puede desconocerla. Incluso varios años despues de haber hecho su triunfal entrada a la escena científica, continúa opacando a las más recientes estrellas (los oligonucleótidos antisentido y la técnica de la triple hélice de ADN). Es hora, entonces, de presentar al procedimiento que permite sacar millones de fotocopias de un gen, identificar agentes patológicos, diagnosticar enfermedades de distinto tipo (incluso ciertos cánceres), establecer identidades y hacerles la vida más fácil a los trabajadores de la ciencia. Señoras y señores, con ustedes, la PCR.

Fotocopiadora genética

Karry Mullis se levanta todos los días temprano, toma su tabla de surf y se dirige directamente a la playa que se baña en el Pacífico. Tras el acuerdo por el cual Cetus negoció con Hoffmann-La Roche en 300 millones de dólares la venta de su invención tecnológica, Mullis tiene tiempo para pensar en la teoría de la ondas cuando cabalga las olas, y para dedicarse, desde su nuevo rol de consultor, a dar consejos sobre innovación tecnológica a sus clientes.

Es que la PCR lo catapultó al estrellato, revolucionando todos los laboratorios del mundo. Con su capacidad de sintetizar millones de copias de una secuencia determinada de ADN, esta verdadera fotocopiadora molecular se ha convertido en el boom de los ´80.

"Cuando surgió, se creyó que la habilidad de la PCR para fabricar billones de moléculas de ADN en una tarde sería una herramienta para ahorrar trabajo y tiempo; luego se comprendió que sería un instrumento diagnóstico; y ahora se la considera una máquina del tiempo que nos puede conducir a genomas prehistóricos", sea entusiasmó la revista *BioTechnology*.

¿En qué consiste semejante maravilla? "Se trata de una técnica para la amplificación enzimática *in vitro* de secuencias específicas de ADN. Las secuencias quedan definidas entre dos *primers* convergentes que se hibridan a las cadenas opuestas del ADN", define Juan Carlos Bossio, especialista argentino en diagnóstico de enfermedades por PCR, de la Fundación de Estudios de Bioquímica Avanzada.

Para aclarar este trabalenguas, hay que ubicar al actor principal: la enzima polimerasa que se encarga usualmente de enhebrar un nucleótido atrás de otro para sintetizar nuevo ADN.

"Lo que inventó Mullis en 1985 –dice Bossio– es un método para hacer que esta enzima desencadene, en el laboratorio y ante un fragmento de ADN, una reacción en cadena que culmina en la amplificación (o más sencillamente fotocopia) de la secuencia de ADN de la que se partió." Esta reacción en cadena se producirá en sucesivos ciclos, lo que culminará en una amplificación del orden de 10^6 (¡un millón de fotocopias en pocas horas!).

El secreto del éxito está en conseguir –fabricándola en el laboratorio o comprándola al proveedor amigo– una pequeña secuencia de 20 a 25 bases (llamada *primer* o cebador) que sea complementaria con el principio de una de las cadenas del fragmento a fotocopiar, y otra secuencia primer complementaria con el final de la otra cadena de ADN.

El primer paso de la receta de la PCR consiste, entonces, en calentar el ADN para separar las dos cadenas. Luego, hay que poner los dos primers en contacto con ellas. Al hibridarse, marcarán los límites entre los cuales se sacará la fotocopia. De hecho, esos dos primers constituyen, cada uno, el comienzo de una nueva hebra de ADN.

El acoplamiento del primer estimula a la enzima polimerasa para entrar en escena. Ella simplemente continúa la cadena de nucleótidos que acaban de iniciar los primers, tomando como modelo (complementario) la hebra del ADN original. Mientras esto sucede con una cadena, lo mismo sucede con la otra, con la diferencia de que son leídas en dirección inversa una de otra.

Cuando la enzima termina su labor de ensamblaje de nucleótidos, dos nuevas hebras de ADN idénticas al fragmento original se han formado. Ellas, a su vez, servirán como moldes para que otros dos primers inicien un nuevo ciclo de fotocopiado.

La amplificación lograda con la PCR permite, en primer lugar, estudiar fragmentos de ADN otrora imposibles de analizar por su pequeño tamaño. Esto abrió las puertas a la identificación de delincuentes a partir de ínfimos rastros, o la de antiguos restos humamos, así como al estudio genético de fósiles animales y vegetales.

Por otra parte, la PCR permite identificar secuencias muy precisas dentro de los cromosomas que sirven como referencias para trazar mapas del genoma humano.

Una aplicación que ya es común en algunos laboratorios de análisis clínicos es la detección e identificación de microorganismos infecciosos. Los virus del papiloma humano, el herpes, la hepatitis B y C y hasta el HIV son rastreados así con una sensibilidad que no muestran otros métodos. Más aún: la PCR logra detectar si cierto virus estuvo alojado en algún momento dentro del organismo, dejando parte de su información genética de regalo en alguna célula.

Por supuesto, uno de los usos más espectaculares es la detección de mutaciones o células anormales. La PCR es capaz de encontrar una célula tumoral entre 10 millones de células normales. También detecta alteraciones genéticas asociadas con proliferaciones malignas, como las que se encuentran en el 50 por ciento de los cánceres de colon y en el 90 por ciento de los carcinomas de páncreas. Además, esta técnica puede ser útil a la hora de evaluar las consecuencias mutagénicas de la radio y quimioterapia contra el cáncer.

Siempre que se conozca el lugar genético donde se localiza el desperfecto que conduce a una enfermedad, la PCR puede entrar en acción para hacer el diagnóstico de esa dolencia, inclusive antes del nacimiento. Pero sus virtudes se limitan al campo del diagnóstico. Cuando se trata del tratamiento de las enfermedades a nivel de los propios mensajes genéticos, la PCR debe cederle el podio a otra *star*, la técnica de los oligonucleótidos antisentido.

Alicia en el espejo

Tanto Lewis Carroll como Sigmund Freud comprendieron que el sinsentido es fuente de verdad y sabiduría. No por llegar más tarde a este conocimiento, los científicos moleculares le sacan menos provecho.

Los **oligonucleótidos** son pedacitos de ácidos nucleicos fabricados artificialmente en el laboratorio. El objetivo de construir oligonucleótidos **antisentido** es introducirlos en la célula para que encastren perfectamente con algún ARN que contenga un mensaje peligroso, ya sea a nivel del núcleo como en el citoplasma celular.

La estrategia es bloquear la transcripción del mensaje desde el ADN al ARN_m, es decir, lograr el anti-sentido. También puede intentarse bloquear la traducción del ARN_m a los aminoácidos que constituirán la proteína. De una u otra manera, se estará impidiendo la expresión de un gen problemático, ya sea porque es defectuoso o porque es capaz de disparar procesos cancerosos.

Justamente, los oncogenes –que por una mutación pueden disparar un proceso maligno en las células– son candidatos ideales a esta suerte de terapia "minigenética".

Por otra parte, la técnica antisentido permite atacar a los virus allí donde más les duele: en sus procedimientos para reproducirse en las células huésped. Toda etapa del ciclo viral en el curso de la cual el virus se halla bajo la forma de una sola cadena, abre la puerta para hibridarla (bloquearla) con un ácido nucleico de sentido opuesto, es decir, complementario.

Esta es una de las vías hoy experimentadas para combatir al temible retrovirus HIV, causante del SIDA. En este caso, el objetivo es impedir la acción de la enzima transcriptasa reversa, que genera ADN de una sola hebra a partir del ARN del virus. Con este ADNc, el HIV puede copar tranquilamente los linfocitos T humanos.

Hasta ahora, los ensayos se hicieron en células humanas, en plantas y en unos pocos ratones. Todavía no se conoce cómo funcionarían estos oligonucleótidos artificiales en el cuerpo humano, si serían estables o si resultarían tóxicos. Pero cuando se despejen estas dudas, allí estarán por lo menos diez empresas listas para comerse el enorme mercado de las enfermedades producidas por virus.

Por ahora, todas ellas –y muchas que guardan el secreto– destinan fuertes inversiones a la investigación. Para realizar un ensayo preclínico se requieren entre 7500 y 35000 dólares diarios para cubrir los 20 gramos de oligonucleótidos necesarios. No obstante, la revista *Tibtech* asegura que el costo de la síntesis de oligonucleótidos ha declinado significativamente en los últimos ochos años. Mientras 1 miligramo de 20 bases costaba 1000 dólares en 1984, hoy se consigue por alrededor de 1 dólar.

Pero no se trata sólo de costo sino de capacidad tecnológica. La empresa ISIS, líder en el tema, hoy sólo alcanza a producir unos 30 gramos mensuales, aunque estima llegar al kilo mensual en 1993. Claro que cuando lance sus oligonucleótidos al mercado, en 1996, ISIS planea facturar el kilo a 20 mil dólares.

Dos solicitudes –para tratar un tipo de leucemia y para las lesiones provocadas por los virus herpes y papilomas– aguardan la aprobación de la Oficina de Drogas y Alimentos (FDA) de los EE.UU. "A largo plazo, los oligonucleótidos podrían reemplazar a los métodos tradicionales con que se desarrollan las drogas medicinales", se entusiasma Jack Cohen, farmacólogo de la Universidad de Georgetown, en EE.UU. Según el especialista, esta reciente técnica está a mitad de camino entre el diseño clásico de drogas y la terapia genética, un procedimiento aún en pañales para introducir no nucleótidos sino genes enteros dentro de los cuerpos humanos, de la que nos ocuparemos con creces en el capítulo IV.

para ilustrar cómo [illegible] se inserten en células hu- manas, en plantas y en ratones, por ejemplo. Todavía no se conoce cómo implementar estos dispositivos artificia- les en el cuerpo humano, [illegible] estables [illegible]. [illegible] se despejan estas dudas, [illegible] listos para [illegible] el [illegible] mercado de las enfermedades producidas por virus.

Por ahora, todas ellas —y muchas que quedan en el [illegible]— demandan [illegible] inversiones en la investigación, [illegible] realizar un ensayo [illegible] entre 200 y 35000 dólares [illegible] para cubrir los 20 [illegible] de cada [illegible] necesarios. No obstante, la revista [illegible] que el costo de la síntesis de [illegible] ha [illegible] significativamente en los últimos cinco años: mien- tras [illegible] de 20 bases costaba 1000 dólares en 1986, hoy se consigue [illegible] de 1 dólar.

[illegible] se trata [illegible] del costo sino de capacidad tec- nológica. La compañía [illegible] en el tema, sólo al- canza a producir unos 30 gramos mensuales, aunque [illegible] llegar al kilo mensual en 1993. [illegible] sacó sus [illegible] al mercado en 1986, [illegible] el gra- mo [illegible] a 30 mil dólares.

Los oligonucleótidos [illegible] un tipo de [illegible] y pa- ra las [illegible] provocadas por los virus [illegible] herpes, papilo- mas— que [illegible] la aprobación de la Oficina de Drogas y Alimentos (FDA) de los EE.UU. A [illegible] los oligo- nucleótidos pueden [illegible] todos los [illegible] que se desarrollan [illegible] terapéuticos [illegible] [illegible] [illegible] [illegible] [illegible] en el capítulo [illegible]

Capítulo III

VIDAS DE PROBETA

Quimera: monstruo fabuloso que tenía cuerpo combinado de tres bestias: por delante, león; por detrás, serpiente; y en medio cabra. Hija del monstruo Tifón –el más temible enemigo de los dioses del Olimpo– y de la serpiente-mujer Equidna. Vomitaba fuego y fue matada por Belerofonte, con la ayuda del caballo alado Pegaso y por medio de flechas que introdujeron bolas de plomo en su boca.

(del diccionario de Mitología Griega de Angel Garibay.)

Si alguna vez –con los griegos– la quimera y los dioses formaron parte de la realidad humana, con los siglos todo cambió. El hombre se empequeñeció o encumbró alternativamente junto con Galileo, Darwin y Freud, mientras los dioses se redujeron con el cristianismo a Uno, y la quimera perdió sus atributos temibles para quedarse sólo con sus componentes fantásticos y sumar la idea de deseo fuera de la realidad.

¿Quién habría dicho que sería justamente la ciencia la que fuera a buscar la quimera al desván de los sueños para inscribirla en la más cotidiana de sus realidades, el laboratorio? Más aún: ¿quién hubiera podido anticipar cuando todo esto empezó, allá por los ´70, que esos monstruos creados entre cuatro paredes –en el estilo de Frankenstein– podrían dejar de ser meras curiosidades o pruebas del poder del hombre sobre la naturaleza para inscribirse en el bestiario común y corriente de las sociedades?

Pocos, muy pocos. Pero lo cierto es que una de las grandes fantasías humanas –saltar las barreras entre las especies; vencer la resistencia de la naturaleza a ser manipulada por otra cosa que el azar y la lucha por la sobrevivencia; en fin, el jugar a ser Dios con poder sobre todo lo viviente– se hizo cierta en el momento en que Cohen y Boyer metieron genes de sapos en bacterias. En ese instante, las quimeras comenzaron a abandonar el reino de la ciencia-ficción. Pero los nuevos monstruos no dejaron del todo las pesadillas.

Había una vez...

Desde que el primer ratón gigante obtenido por el ensamblaje de un gen adicional de la hormona de crecimiento de rata en un óvulo recién fecundado de ratón apareció en las primeras planas a fines de 1982, hasta el pequeño recuadro que informó recientemente la obtención de una cabra que produce el anticoagulante TPA (humano) en su leche, muchos genes han atravesado las turbulentas aguas que dividían otrora las especies. Los animales –y también las plantas– transgénicas forman parte hoy del horizonte cotidiano.

Aunque poseen un atractivo singular debido a su carácter entre familiar y de otro mundo –algo en verdad un poco siniestro–, los super chanchos, ovejas, conejos y demás animales de valor comestible que atravesaron los experimentos de la ingeniería genética no siempre cumplieron con todas las promesas previas.

Cuando todo empezó, se dijo que un nuevo mundo se abría, con animales manipulados especialmente para producir medicamentos, leche en enormes cantidades, carne sin colesterol o simplemente con tamaños mayores a los habituales. Si bien algunos de estos sueños se hicieron posibles, muchos quedaron en el camino, debido a diferentes razones. La primera de ellas, la complejidad técnica para introducir determinados genes en lugares específicos de un genoma extraño. En los cuentos, los brujos no siempre consiguen controlar el efecto de sus pócimas mágicas. En los laboratorios, jugar a ser Dios tampoco es tan sencillo.

Dar en el blanco

La fama probablemente no les haya bastado a muchos de los bichos manipulados por el hombre para compensar los graves sinsabores de tener el cuerpo de un animal y la cabeza de otro, además de unas patas incapaces de sostener su peso, úlceras gástricas, artritis, y un futuro sin posibilidad de reproducción. Las imágenes de muchos de estos superanimales suelen generar una maravillada sorpresa que deja paso a una incómoda sensación de remordimiento por su destino de laboratorio.

Pero lo cierto es que los experimentos con animales son en general indispensables para el avance científico. De hecho, los trasplantes experimentales de genes en animales fueron antecedentes útiles a la hora de planificar experiencias de terapia genética humana. Aunque muchos científicos descreen de la utilidad de los animales transgénicos como modelos para la terapia genética en el ser humano, al menos sirven como tubos de ensayo para ensayar el funcionamiento de ciertos genes de interés.

Los animales producidos por recombinación de genes de especies diferentes (llamados **transgénicos**) han revelado preciosa información respecto de cómo se regula la expresión de los genes en cada célula, de cómo se activan determinados genes en tejidos específicos y en las distintas etapas del desarrollo embrionario. Incluso, permitieron generar mutaciones semejantes a las que aparecen en seres humanos enfermos, con lo que se obtuvieron modelos para estudiar afecciones genéticas y especialmente el cáncer (ver en el último capítulo el caso del ratón *myc*).

A pesar de todos estos logros en investigación básica, no hay que perder de vista que para muchos el objetivo de los animales transgénicos es económico: obtener ejemplares más valiosos por sus propiedades alimenticias, farmacológicas o por su resistencia a enfermedades o condiciones climáticas desfavorables. La granja de animales transgénicos es el sueño de los ganaderos moleculares.

Para lograr semejantes productos mutantes, los científicos no trabajan con las células de los animales adultos sino con sus estadíos más tempranos. Generalmente operan sobre el óvulo fecundado que, tras sucesivas divisiones celulares, constituirá el embrión. Así, logran que el trasplante genético aparezca en todas las células del nuevo organismo.

Para que la modificación, además, se transmita luego de generación en generación, es esencial que los cambios se incorporen a las células sexuales (gametas) del nuevo individuo.

¿Cómo introducen el ADN extranjero en las células? Existen distintas técnicas. Una de las primeras en ser utilizadas fue la de la microinyección, por la cual se introducen cientos de copias de un gen determinado (en forma de solución de ADN) con una pipeta pequeñísima en el núcleo de un óvulo recién fecundado (o en el pronúcleo), todo bajo el microscopio y gracias a la destreza de un preciso manipulador humano. Una vez inyectado, el óvulo es reimplantado en el útero de un animal para que el embrión se desarrolle.

Entre un 10 y un 20 por ciento de las células de ratones que pasan por este proceso incorporan el gen a su propio ADN, lo que se considera un éxito, ya que en otros animales la proporción de transformaciones es mucho menor. Pero una cosa es meter el gen y otra muy distinta que éste se exprese en una proteína; y que esta expresión sea además suficiente para tener algún tipo de efecto. Otro desafío es que de las células transformadas nazca finalmente un animal transgénico vivito y coleando. En verdad, la proporción de animales de granja obtenidos de esta manera es bajísima (varía entre un 1 y un 5 por ciento).

El truco para que un gen foráneo se exprese en su nuevo hogar reside en general en adosarle al mensaje genético una secuencia de ADN que actúa como promotora en un tejido específico. Con esta bandera de largada, el ADN empieza a transcribir sus secretos al ARN para que se fabrique una proteína.

Un problema no despreciable es saber cuántas copias del gen se introducirán en una célula, o el lugar de los cromosomas adonde irán a parar. Por otra parte, la presencia de este nuevo gen puede afectar significativamente la expresión de los genes naturales del animal, conduciendo no sólo a anomalías visibles sino a enfermedades silenciosas, que a veces pueden transmitirse a los descendientes. Algunos datos sugieren que los métodos para introducir genes foráneos presentan, cuanto menos, una frecuencia de un 5 por ciento de mutaciones en las células que los reciben. Si bien esto puede ser peligroso, también puede ser utilizado para la investigación científica de mutantes.

La imprevisibilidad de los resultados del injerto genético no puede eliminarse del todo pero, al menos, se compensa si se utilizan vectores biológicos que lleven la información al interior de los núcleos celulares.

Como ya se ha dicho, los más utilizados para desplazar información al interior de una célula son los **plásmidos** bacterianos, esos círculos de ADN capaces de viajar de un lado a otro con su carga genética a cuestas. Para hacer de un plásmido un taxi, basta con cortar un pedazo de ese anillo con enzimas de restricción y reemplazarlo con el gen deseado, sumándole algún tipo de marcador –por ejemplo, un gen que implique la resistencia a un determinado antibiótico– que luego delate la transferencia genética.

Cuando los científicos coloquen todas la células en un medio con ese antibiótico, sólo las que hayan incorporado el gen de resistencia (y, obviamente, también el gen que interesa en verdad) sobrevivirán.

Otro vehículo ideal son algunos virus, que necesitan entrar a células extrañas para poder cumplir con partes esenciales de su ciclo vital.

Como necesitan insertarse en el ADN de la célula huésped para poder generar ciertas proteínas y multiplicarse, los **retrovirus** –que consisten en una cápsula de proteína que contiene ARN en lugar de ADN– se han convertido en los mejores aliados de los ingenieros genéticos.

Célebres hoy por uno de sus representantes –el virus HIV que causa el SIDA–, los retrovirus también se han hecho famosos por el mecanismo con que transcriben la información de su ARN al ADN, que es el código que manejan sus huéspedes. La clave de este proceso inverso al que ocurre generalmente en la naturaleza reside en la enzima transcriptasa reversa, que es capaz de partir del ARN (de una sola hebra, por supuesto) para generar una copia complementaria de ADN. Con este ADN, al retrovirus le resulta fácil incorporarse al genoma de la célula huésped.

Integrado como uno más, podrá coparle a la célula su cerebro y dirigir desde allí la síntesis de su propio ARN y de la proteínas necesarias para reproducirse en nuevas partículas virales.

Es esta inteligente capacidad para infectar células la que aprovechan los científicos para mandar a sus enviados genéticos, desactivando previamente la capacidad de reproducción de los virus.

Por supuesto, la técnica también tiene sus bemoles. En principio, los retrovirus son muy pequeños y no tienen capacidad para cargar con genes muy largos. Por otra parte, suelen infectar algunas células y otras no, con lo que dan origen a individuos "mosaicos" (también conocidos como **quimeras**), es decir, con distintas informaciones genéticas en sus células.

Pero el infierno más temido sigue siendo la propia virulencia de los vectores, y la posibilidad de transmisión de enfermedades a otros organismos presentes en el mismo ambiente, a pesar de las precauciones científicas. Después de todo, algunos plásmidos y virus no se detienen en su camino por minucias tales como diferencias de géneros o especies. Por lo tanto, pueden pasar, por ejemplo, de una planta transgénica a una maleza sin demasiado esfuerzo. O de un animal al hombre, lo que resulta inquietante aún sabiendo que los científicos los han desactivado.

Otros efectos no menos indeseables son la activación de oncogenes (genes asociados con el desarrollo de tumores malignos); la conversión de esa misma célula en cancerosa por descontrol de los mecanismos de crecimiento y diferenciación celular; o la combinación en el organismo con otros virus en mezclas explosivas.

Para evitar todos estos problemas, se ha echado mano a otra familia de virus (adenovirus), entre los cuales figuran los responsables de los resfríos. Como éstos no se incorporan al genoma del huésped –sólo aprovechan de las células invadidas ciertos insumos y maquinarias del citoplasma– no resultan tan peligrosos ni se tornan incontrolables como sus primos retrovirales. Claro que tampoco resultan tan eficientes como vectores, y suelen expresar las proteínas buscadas en forma transitoria.

Otro método empleado para meter ADN en un animal es la manipulación genética de ciertas células embrionarias. Estas células indiferenciadas de los primeros momentos de la vida son extraídas y modificadas genéticamente. Luego vuelven a ser inyectadas en un embrión que continuó con su desarrollo evolutivo, embrión al que las células colonizan, dando lugar muchas veces a animales transgénicos.

De todos modos, el problema crucial subsiste: predecir la expresión de un gen inyectado, tanto en lo que hace a la cantidad de proteína que se producirá como al lugar –el tejido– en el que se sintetizará, es en muchos casos todavía cuestión de suerte. Si bien se han descubierto algunas secuencias de ADN que funcionan como promotoras y reguladoras, aún no se conocen todos los mecanismos involucrados en la producción de animales transgénicos. Por otra parte, esto incide sobre la posibilidad de aplicar estas técnicas a animales de granja, por su elevado costo y su dificultad de manejo.

Gata flora

Los problemas técnicos no son los únicos. Muchas personas, incluso nucleadas en grupos de defensa de animales de laboratorio, se oponen a someter a los animales a sufrimientos y cambios extremos, aunque sea con fines loables. Por otra parte, algunos encuentran inmoral modificar la naturaleza, ya sea por razones religiosas o de conciencia. Unos pocos alegan razones científicas para advertir que la introducción de nuevas especies en un ambiente altera negativamente el equilibrio ecológico, amenazando la supervivencia de especies competidoras y promoviendo el crecimiento exagerado de otras.

Pero entre todas las voces, una –la del mercado– seguramente será escuchada con más atención que las otras. Las súper vacas ensambladas con el gen de la hormona del crecimiento humano no encontraron el eco favorable previsto.

Aunque crecen mucho más que sus hermanastras naturales y producen mucha más leche, ni los consumidores de los países desarrollados ni los funcionarios de estos mismos países las miran con cariño: unos y otros desconfían de las nuevas manipulaciones y temen por imprevistos riesgos. Por otra parte, los criadores tradicionales hacen lobby para que estas nuevas vacas no los barran del mapa.

Por ahora, ninguno de los animales de cría modificados para ser más productivos o para fabricar medicamentos (anticoagulantes, interferón, etc.) obtuvieron buenos réditos comerciales. Sin embargo, es difícil prever qué ocurrirá en los próximos diez años, cuando la tecnología haya alcanzado su punto de total maduración.

Han pasado unos diez mil años desde que el ser humano domesticó a los animales. En el siglo XVIII, alguien se dio cuenta de que los animales podían ser mejorados si se los cruzaba con individuos con características valiosas. La genética clásica contribuyó en este siglo a desarrollar métodos de selección muy útiles para obtener razas cada vez más perfeccionadas. Pero estos procedimientos tienen sus límites, y conducen a una progresiva pérdida de diversidad genética. Es aquí cuando se aprecia una de las mayores contribuciones de la ingeniería genética a la cría de ganado, ya que permite aprovechar genes de la misma u otra especie y obtener mejores animales en poco tiempo, sin necesidad de esperar los resultados de cruzamientos y sucesivas generaciones.

Agricultura de probeta

Aunque hicieron su entrada al escenario de la biotecnología muy temprano –el procedimiento para hacer cerveza o vino con ayuda de microbios es tan viejo como la historia escrita del hombre–, las plantas llegaron tarde a la puesta de la ingeniería genética, que sólo consiguió comenzar a doblegarlas en 1986. Pero, desde entonces, los avances han sido espectaculares.

En los últimos años algunas plantas han sido modificadas para producir desde albúmina humana (indispensable para tratar a pacientes con importantes quemaduras) e interferón, hasta un tipo de poliéster. "Lo primero que se hizo fue transferir ciertos rasgos beneficiosos a las plantas, tales como la resistencia a ciertas enfermedades. Después, se les transfirió caracteres importantes para la industria de la alimentación, como un atraso en la maduración de los tomates. Ahora, las plantas están siendo usadas para producir compuestos químicos especiales y nuevos polímeros biológicos", resume el investigador Robert Fraley.

Más de cincuenta especies vegetales ya han pasado por las manos de los biólogos moleculares. "A mediados de los '90 estarán en el mercado los primeros cultivos transgénicos", revelaron recientemente Fraley y Ch. Gasser, ambos científicos de Monsanto. El primero en alcanzar las góndolas de los supermercados será seguramente el tomate "Flavr Savr", modificado genéticamente para permanecer más tiempo en exhibición, sin pudrirse, pero con todo el aroma, el sabor y el color de los mejores tomates naturales.Tratándose de un mercado que en Estados Unidos ronda los tres mil millones de dólares, el optimismo que destilan los científicos de Calgene que desarrollaron este tomate es comprensible.

En cuanto a los compuestos químicos producidos en fábricas vegetales, los primeros frutos comerciales serán ciertas enzimas muy usadas en la industria, tales como la amilasa (empleada para hacer pan y cerveza de bajas calorías). Muy lejos todavía –pero en el horizonte– se perfilan los "anticuerpos vegetales" o **planticuerpos**, que podrán incorporarse como suplementos a las leches infantiles.

No se trata sólo de obtener cosas raras y originales, sino de hacer negocios. "Mientras los procesos biotecnológicos de fermentación bacteriana pueden resultar en un gramo de producto, los campos transgénicos pueden rendir decenas o centenas de libras de proteína por acre", se entusiasma Lawrence Grill, de una empresa científica californiana.

Obviamente, la primera ventaja es una disminución de los costos de producción de fármacos. Pero, además, los especialistas recuerdan que las plantas transgénicas son capaces de fabricar proteínas más parecidas a las humanas que las fabricadas por bacterias recombinantes.

Existe un abanico de posibilidades para manipular las plantas, que hoy permiten obtener semillas o nuevas plantas a partir de unas pocas células cultivadas en probeta. La micropropagación vegetal es, por ejemplo, una de las técnicas que más se ha difundido en los últimos años, hasta el punto de que los productores de frutillas de la Argentina o los campesinos que cosechan arroz en Vietnam la utilizan de manera cotidiana y con excelentes resultados.

Pero no es a estas técnicas de manipulación que nos dedicaremos ahora sino, nuevamente, a aquellos mecanismos que involucran una modificación del patrimonio genético de las plantas.

El secreto en Ti

Todo empezó cuando, hace veinte años, un científico publicó que una enfermedad muy común en ciertas plantas, llamada "crown gall" (agalla del cuello o corona), podía deberse a una transferencia genética entre la bacteria *Agrobacterium tumefaciens* y las células vegetales. La bacteria responsable de la infección maligna vive habitualmente en el suelo e interactúa a través de alguna herida con ciertas plantas, originando un tumor muchas veces mortal.

Pero quien es en verdad responsable del daño es un plásmido que existe en esta bacteria y que se encarga de insertar parte de su ADN en el genoma vegetal. La consecuencia de la expresión del mensaje del plásmido es el crecimiento incontrolable de las células, y el desarrollo de un tumor maligno.

Sin dejarse invadir por la pena, los científicos decidieron a principios de los '80 hacer buen uso del malvado plásmido, reemplazando una de sus informaciones –precisamente la porción que se transfiere al ADN del huésped– por un gen elegido por ellos. Después de recombinar el plásmido, lo volvieron a meter en la *Agrobacterium* y simplemente esperaron que ésta infectara a células vegetales.

Dos grupos –uno del Instituto Max Planck alemán y otro de la norteamericana Monsanto– primero probaron que el procedimiento funcionaba, al insertar con ayuda de *Agrobacterium* un gen que ordena la resistencia a un antibiótico. A partir de 1986, científicos de todo el mundo echaron mano a cuanto gen les resultó útil y factible de incorporarse a una planta.

Claro que el asunto no es tan fácil como parece, y se requieren ciertas manipulaciones adicionales para lograr que el gen insertado se exprese suficientemente. Por otra parte, hay que conseguir que las células vegetales modificadas se conviertan en plantas hechas y derechas, capaces de tener descendencia normalmente y de sobrevivir en el medio ambiente.

Pronto surgieron anuncios desde todas partes del mundo sobre la creación de plantas transgénicas con capacidad para resistir a agroquímicos que destruyen malezas (herbicidas), y también para soportar el frío y la sequía extremos, e incluso algunas enfermedades, especialmente las virales.

Desde tiempo atrás se sabía que las plantas infectadas por ciertos virus son resistentes a subsecuentes infecciones por ese u otros virus. La idea de un grupo de científicos fue, entonces, introducir un gen viral en las plantas para conferirles cierta inmunidad (algo así como vacunar a las plantas, tal como se hace en seres humanos). Después del primer éxito obtenido en 1986, la misma estrategia fue utilizada para el tomate, la alfalfa, el melón y hasta para el arroz.

El equipo argentino que lidera, en el INGEBI, Alejandro Mentaberry comenzó investigando los virus que infectan a las papas y terminó fabricando papas transgénicas que tienen incorporadas un gen de la cápsula viral, lo que les confiere protección (limitada) contra subsecuentes infecciones virales. Aunque las papas transgénicas todavía no entraron en el costoso proceso de experimentación a campo abierto, los científicos del INGEBI ya están planeando fabricar ajos y morrones con una protección total contra infecciones virales. En otro laboratorio molecular argentino, perteneciente al INTA, un equipo dirigido por Esteban Hopp también ha conseguido plantas transgénicas de papa y tabaco, y muy pronto manipulará plantas de girasol para hacerlas resistentes a insectos.

Justamente, uno de los logros más importantes en los últimos tiempos fue la creación de plantas que producen sus propios insecticidas para defenderse de las plagas que las acosan. La incorporación, primero a la planta del tabaco y luego a la de algodón, del gen de una bacteria que produce una toxina contra ciertas plagas de insectos inició una nueva era. "Los insecticidas pronto desaparecerán de los estantes de los supermercados porque vendrán incorporados en las mismas plantas", pronostican los más optimistas.

Superplantas al ataque

La acción insecticida del *Bacillus thuringiensis* era bien conocida y aprovechada desde veinte años atrás en la agricultura. Los campos cultivados se rociaban con sus toxinas obtenidas por purificación o, directamente, con las esporas del bacilo. Pero en 1987, una empresa norteamericana y otra belga consiguieron clonar uno de los genes que ordenan la síntesis de una de las proteínas tóxicas e incorporarlo –con la ayuda inestimable de la *Agrobacterium* y su fiel plásmido Ti– al tabaco, que quedó parcialmente inmunizado contra ciertos insectos lepidópteros.

Tres años más tarde, el coloso Monsanto anunció que había logrado algo similar con el algodón. Sólo que, en este caso, la expresión del gen incorporado a la planta resultó más que suficiente para permitirle sobrevivir en medio de una nube de enemigos voladores. Claro que no es lo mismo lavar cuidadosamente una planta para remover los pesticidas químicos que comerse una lechuga con insecticida incorporado. Pero los especialistas que ya han hecho estudios de toxicidad y experimentos a campo abierto, aseguran que la toxina bacteriana no afecta al ser humano, ni a otros animales y ni siquiera a otros insectos que aquellos para los que está programada.

Muchos otros cultivos ahora están en la cola, a la espera de manipulaciones genéticas, de permisos oficiales para ser probados a campo abierto, o de repetir su actuación en nuevos ensayos a mayor escala. Las normas para hacerlos al aire libre han sido cuidadosamente elaboradas para ofrecer los mínimos riesgos posibles. Por ejemplo, los lugares de prueba deben seleccionarse de modo de ofrecer barreras geográficas que impidan el intercambio sexual entre las plantas transgénicas y las otras. Además, en los alrededores se cultivan ciertas plantas para que actúen como barreras biológicas, recibiendo el posible polen liberado por las transgénicas. Finalmente, todo el material biológico involucrado debe ser destruido. Tantos cuidados tornan muy caros a los experimentos, que son llevados a cabo por empresas grandes.

Los cereales, que hasta poco tiempo atrás se resistían –como otras plantas monocotiledóneas– a aceptar genes foráneos provenientes del plásmido Ti, han comenzado a ceder, gracias a un dispositivo semejante a una pistola que dispara microbalines revestidos con genes.Con esta revolucionaria pistola desarrollada en 1987, los científicos no sólo consiguen descargar algunas de sus tensiones sino también aumentan sus probabilidades de dar en el blanco genético.

Los microproyectiles han permitido incorporar ADN extranjero al núcleo de células de maíz, arroz e incluso trigo. Aunque aún falta bastante para poder decir que los cereales –que constituyen el 50 por ciento de la alimentación mundial– producidos biotecnológicamente están listos para el mercado, los científicos creen que es cuestión de tiempo y esfuerzos.

Un asunto no despreciable es si los inversores destinarán los millones de dólares que hacen falta para continuar estas investigaciones y desarrollos, si no se aflojan las restricciones normativas o si no consiguen protecciones legales más amplias que las que rigen actualmente para la obtención de nuevas variedades vegetales.

El experto francés Max Rives, director del INRA, se preguntó en un artículo publicado en *La Recherche,* por qué tantas compañías, especialmente las norteamericanas, se volcaron con tanto entusiasmo a la ingeniería genética de plantas, siendo que la planta mutante –si no es estéril– puede ser fácilmente utilizada posteriormente por cualquier seleccionador para obtener nuevas variedades. "El único caso en que sería rentable para una compañía privada es el de la planta resistente a un herbicida, siempre y cuando esa misma empresa fabrique también ese herbicida. Así podría contar con un mercado seguro para su planta y para su producto químico." Monsanto es, justamente, un buen ejemplo.

Tanto esta empresa como Calgene, Du Pont, Hoechst y Plant Genetic Systems están manipulando plantas para hacerlas resistentes a ciertos herbicidas muy usados. Aunque los científicos de estas empresas aseguran que estas plantas constituirán una alternativa menos costosa y más efectiva que las medidas con que se manejan habitualmente las malezas (distintos herbicidas en grandes cantidades), hay quienes piensan que se trata de un gran negocio para vender herbicidas "de amplio espectro" al mismo tiempo que semillas resistentes a esos herbicidas. Por su parte, los ambientalistas los acusan de promover un aumento en el uso de herbicidas químicos.

El reverso de esta moneda consiste en saber si la sociedad disminuirá sus pruritos contra las plantas mutantes y las aceptará como parte de su dieta habitual. Las primeras señales en este sentido indican que las plantas transgénicas tienen mejor imagen que los animales mutantes. Por lo menos, la Oficina de Drogas y Alimentos de los EE.UU. (FDA) ha declarado que los alimentos desarrollados a través de la biotecnología no son peligrosos y, salvo raras excepciones, pueden ser regulados como si fueran cualquier comida.

Volver a las fuentes

Una consecuencia sorprendente de los espectaculares avances en biotecnología vegetal es el renacimiento de los estudios básicos sobre el metabolismo de las plantas. Recién ahora los científicos que están a la vanguardia se dan cuenta de que necesitan conocer más detalles –especialmente bioquímicos– de las plantas y sus patógenos para continuar avanzando.

En los estudios básicos que se llevan a cabo actualmente, existe un gran interés por los mecanismos genéticos que conducen a la diferenciación celular en los vegetales y en los insectos. También muchos científicos se han abocado a la provechosa simbiosis que se da entre la bacteria *Rhizobium* y las plantas leguminosas, por las cuales las primeras fijan el nitrógeno del aire que las segundas necesitan indefectiblemente para vivir. El objetivo es transferir la capacidad de estas bacterias a muchas plantas, especialmente los cereales, a los que actualmente no les queda más remedio que conformarse con el nitrógeno de los fertilizantes.

Tres grupos de investigación de sendas empresas revelaron recientemente que consiguieron insertar genes no para producir proteínas ajenas a la planta sino para redirigir los mecanismos bioquímicos que ellas poseen. Así, las plantas pueden producir más de lo mismo que ya hacen (y tiene gran valor comercial). Por ejemplo, los científicos de Calgene están manipulando la canola para que produzca diferentes aceites útiles para la industria. Por su parte, Monsanto consiguió que sus papas generen mucho más almidón que de costumbre, lo cual servirá a los productores de jarabe y permitirá obtener papas fritas más ricas y baratas.

Además, el almidón será en el futuro una de las materias primas para fabricar envases descartables. Finalmente, un investigador de la estatal norteamericana Somerville logró que una planta *Arabidopsis* fabrique un plástico (PHB) usado para containers. El PHB naturalmente es producido por una bacteria; pero ahora que dos de sus genes fueron a parar a las plantas, éstas se encargan de fabricar el poliéster con los insumos que antes destinaban a sintetizar algunas de sus hormonas. Se trata de resultados preliminares, pero auspiciosos.

Otras dos estrategias son ensayadas actualmente para extender la duración de la fruta expuesta en los mercados para la venta. Ambas se están utilizando para fabricar los tomates transgénicos que, dicho sea de paso, ya han desatado una guerra entre empresas biotecnológicas competidoras.

Una estrategia involucra la introducción de un gen para impedir la producción de la molécula que dispara la maduración de las frutas, con lo que se demora la putrefacción. La otra es más sofisticada, e implica la introducción de secuencias antisentido para que bloqueen el ARNm de los genes ligados a la maduración. Con esto, los tomates resisten el reblandecimiento.

Aunque muchos se ilusionan con la nueva revolución verde producto de la ingeniería genética, no faltan quienes ponen paños fríos en las afiebradas mentes. Son quienes se ocupan de recordar la capacidad de los insectos para mutar y burlar la resistencia generada por las plantas o los agroquímicos. Por otra parte, Rives también se encargó de recordar que la selección de nuevas variedades implica el actuar sobre caracteres controlados por varios genes, lo que complica sobremanera la manipulación molecular, cuando no la torna imposible. Pero ya se sabe: lo que hoy parece difícil mañana puede ser parte de la rutina diaria.

La polémica entre los seleccionadores clásicos y los ingenieros genéticos roza hoy niveles de telenovela. Cada uno de los bandos se adjudica el mayor potencial para desarrollar nuevas variedades, y para hacer buenos negocios.

Como muchos otros colegas, Rives prefiere que la ingeniería genética abandone sus trasplantes genéticos y continúe con las biotecnologías que permiten obtener miles o millones de plantas a partir de unas pocas células. Por su parte, algunos ingenieros genéticos prefieren sostener salomónicamente que ambos procedimientos son útiles y se complementan –por ahora– entre sí.

El tecnoinjerto

Sin duda, la carta más fuerte que puede enarbolar la biotecnología vegetal es la capacidad de regenerar plantas enteras y completas a partir de unas pocas células cultivadas en el laboratorio.

Esas células pueden ser manipuladas genéticamente antes de que den origen a una diferenciación de tejidos y órganos. Esto es justamente lo que hacen quienes están embarcados en las investigaciones previamente mencionadas. Pero con o sin manipulación molecular del ADN, el tesoro de la biotecnología vegetal se encuentra en la totipotencia de las células vegetales, es decir, en su capacidad para diferenciarse en casi cualquier tejido y dar origen a nuevos individuos.

La técnica de la **micropropagación vegetal** *in vitro* de plantas ya seleccionadas es hoy un boom en todo el mundo, y se aplica a una enorme cantidad de cultivos, desde el kiwi hasta los espárragos, y a la producción de plantas ornamentales como el clavel.

Esta multiplicación opera sobre pequeños fragmentos (por ejemplo, partes totipotentes de una raíz o tallo llamadas "meristemas") que son cultivadas y dan origen a millares de nuevas plantas idénticas, en una tecnologizada versión de los injertos de la abuela.

Otra posibilidad consiste en partir de ciertas células de un tejido vegetal y desdiferenciarlas, es decir, convertirlas nuevamente en totipotentes. El conjunto de estas células (llamado "callo") puede ser luego "reprogramado" para regenerar cualquier tejido u órgano de la planta. "Un caso particular y extremo es el de la **embriogénesis somática,** donde se genera un embrión completo, idéntico al que se regenera por la vía sexual normal", informa Luis Quesada, biólogo y químico del Instituto de Investigaciones Bioquímicas ("Fundación Campomar") de la Argentina.

Otra técnica de gran auge –especialmente en los laboratorios de investigación– es la de **fusión de protoplastos**. Estos no son más que las células vegetales a las que se les ha extraído la gruesa pared celular que las envuelve, para permitir su manipulación. Los protoplastos tienen la capacidad de fusionarse en una sola célula y en ocasiones dan origen a un nuevo organismo completo. Aunque se han logrado extrañas fusiones de ratón con zanahoria, e incluso se ha fotografiado un "pomate" (mezcla de tomate y papa), se trata más de curiosidades que de productos comercializables. Distinto es el caso del tabaco o la alfalfa, que tienen aplicación agronómica.

Para aquellos que aún se impresionan por estas extrañas mezclas, valgan las aclaraciones de distintos expertos que en los últimos tiempos han subrayado los pocos riesgos que entrañan las plantas modificadas molecularmente. "Los riesgos no son diferentes de los que ofrecen los cultivos modificados por los métodos de la genética clásica que seleccionan caracteres valiosos a través del cruzamiento", dictaminó recientemente la Academia Nacional de Ciencias de los EE.UU.

Por su parte, Robert Fraley señala que "la producción mundial de alimentos tendrá que triplicarse en los próximos 40 años para cubrir las necesidades de 9 mil millones de personas. La biotecnología es una de las pocas nuevas soluciones a este problema". Además, dice, "tiene la ventaja de proveer a los agricultores la última tecnología en el envase más tradicional: la semilla".

No hay dudas de que se avecinan nuevos tiempos, tiempos que evidenciarán como nunca el carácter construido de la naturaleza, la impronta humana que conlleva el mundo natural tal como lo conocemos.

La conjunción de los criadores y agricultores con los biólogos y genetistas moleculares fue lanzada con bombos y platillos en las primeras planas de los diarios. El tiempo dirá si se trata de otra mezcla de ficción o si las quimeras se han instalado para siempre entre nosotros.

Capítulo IV

LA FRONTERA DE LOS SUEÑOS

1.

Steven Rosenberg fue el "científico del año" en 1990. A primera vista, podría resultar difícil entender que el galardón recayera sobre un médico, y encima, cirujano. Pero Rosenberg no es un cirujano cualquiera. Por lo pronto, cuenta con un doctorado en biofísica de la Universidad de Harvard, además de ser el jefe de cirugía del prestigioso Instituto Nacional del Cáncer de los EE.UU. Pero la razón del premio –y el generalizado reconocimiento que recibe– son sus investigaciones para tratar el cáncer desde un enfoque muy particular: ayudando y fortaleciendo a las propias células defensivas del organismo.

"En 1968, cuando era un residente de cirugía en Boston, me tocó operar de un simple cálculo renal a un hombre de 68 años. Era un caso rutinario –rememoró Rosenberg en 1990– excepto por un detalle extraordinario. Doce años atrás, el hombre había venido al mismo hospital con un cáncer de estómago. Le quitaron el tumor para que sufriera menos, pero no se le dio tratamiento por el grado de metástasis existente en el hígado, y se lo mandó a morir a su casa. Obviamente, no fue esto lo que el buen hombre hizo, sino recuperarse de manera increíble. Doce años después, toda evidencia del cáncer había desaparecido. Pero esto mismo constituía una evidencia de que el sistema inmune puede a veces montar un ataque contra el cáncer."

La inmunoterapia o terapia de transferencia celular que ideó Rosenberg con los años y tras muchos experimentos consiste, básicamente, en extraer de un paciente ciertas células involucradas en la lucha contra un tumor (linfocitos), "entrenarlas" en el laboratorio para que combatan mejor a las células malignas, y volver a introducirlas en la corriente sanguínea del enfermo. Esta estrategia se acompaña de la administración de moléculas (como la interleukina) que el mismo cuerpo fabrica para defenderse (y que pueden ser también hoy fabricadas por ingeniería genética).

Rosenberg consiguió significativas remisiones en los tumores de algunos de los animales y de los humanos que trató por estos medios. Pero todavía contaba con un arma más sutil para derrotar al cáncer: la manipulación genética de los linfocitos. Para ello se asoció con el pionero de la transferencia de genes con propósitos terapéuticos, W. French Anderson, especialista en hematología molecular del Instituto Nacional del Corazón, Pulmón y Sangre de los EE.UU., y con Michael Blaise, de su mismo Instituto.

En 1988 diseñaron lo que se convertiría en el primer experimento de manipulación genética de seres humanos. Después de múltiples ensayos previos con animales (aunque a Anderson no le caen bien como modelos de enfermedades genéticas humanas), la todopoderosa Oficina de Drogas y Alimentos norteamericana (FDA) otorgó el ansiado permiso –retrasado una y otra vez por presiones sociales, incluida la presentación judicial del militante antibiotecnología Jeremy Rifkin– para iniciar las pruebas con pacientes terminales.

El primer paso no era más que una prueba para testear si el mecanismo funcionaba. Consistió en introducir un gen que actuara sólo como marcador (sin ninguna función especial) en los linfocitos extraídos de los tumores de pacientes con un tipo de cáncer de piel (melanoma) avanzado. Una vez vueltos los linfocitos recombinados genéticamente a la sangre, se trataba de detectar si existían células que produjeran la proteína codificada por el gen en cuestión (proteína que genera una resistencia al antibiótico neomicina) y si no se producían efectos secundarios adversos.

Efectivamente, la primera transferencia de un gen foráneo al ser humano en la historia –realizada el 22 de mayo de 1989– fue un éxito. Durante 3 semanas se detectaron –gracias a la PCR– linfocitos marcados circulando por los vasos sanguíneos de los cinco primeros pacientes.El segundo paso, en curso, consistió en insertar, tanto en los linfocitos que infiltran los tumores (llamados TIL) como en las propias células que componen las masas tumorales, genes que ordenan la fabricación de moléculas con propiedades anticancerosas, tales como el interferón, el factor de necrosis tumoral e incluso la misma interleukina, que tan buenos resultados había dado al ser administrada en forma inyectable en los experimentos previos. Aún no se conocen los resultados de esta última fase de los experimentos que tienen en vilo a toda la comunidad científica.

Para introducir los genes en las células humanas, en todos los ensayos de terapia genética que se están llevando a cabo (menos en uno) se utiliza como vector un retrovirus de ratón, al que se le sacan las secuencias de ADN que ordenan su replicación en el huésped. El virus infecta a la célula huésped, transfiriéndole su carga genética humana, pero no puede reproducirse.

Service a domicilio

"Estamos en la era de la terapia genética", dice la cabeza del laboratorio Sandoz, Max Link, quien debe saber de qué habla por los 100 millones de dólares que está invirtiendo, incluida la compra del 60 por ciento de las acciones de Systemix. Existen cuanto menos seis compañías biotecnológicas poniendo dinero estrictamente en terapia genética, por un valor cercano a los 200 millones de dólares, con la esperanza de una cura contra la hemofilia, el mal de Parkinson, la fibrosis quística, el SIDA y la diabetes.

"La real oportunidad es el cáncer", sostiene Harry Hixson, presidente de Somatix Therapy y ex presidente de Amgen. Pero muchas otras enfermedades son tomadas hoy como blanco para la introducción de genes enteros al cuerpo humano.

El mismo French Anderson inició en 1990 un experimento sobre linfocitos para tratar la afección que conduce al "niño de la burbuja" –chicos que deben vivir aislados por carecer de defensas–, y que se produce por deficiencia de una enzima llamada adenosina deaminasa (ADA).

El primer experimento, que extrajo los linfocitos T de la sangre de una niña enferma de 4 años para insertarle tanto un gen marcador como el gen normal del ADA, tuvo buenos resultados, lo que alentó a los investigadores a probarlo con otra nena de 9 años. Aunque todavía no publicaron sus resultados, Anderson adelantó a la revista *Business Week* en marzo de 1992 que su estrategia camina muy bien, al punto de que una de las niñas, que concurre normalmente a la escuela, sobrevivió a un brote de varicela, que en el pasado la hubiera matado. "En esos momentos todos contuvimos la respiración. Fue una prueba ácida para el tratamiento, pero también trajo un inesperado avance cultural", ya que parte de la oposición que encontraba la terapia genética en los entes reguladores se disolvió.

Los organismos reguladores norteamericanos –el NIH (Institutos Nacionales de Salud), el RAC (Comité de asesoramiento en ADN recombinante) y la FDA– ya aprobaron otros 17 experimentos de terapia genética, destinados a tratar diversas enfermedades, tales como la hemofilia (caracterizada por problemas en la coagulación sanguínea), la hipercolesterolemia familiar (en la que existe un exceso de colesterol en sangre por ausencia de un receptor celular que capture la lipoproteína conocida como "colesterol malo"), la fibrosis quística y algunos cánceres (el de mama, el de cerebro y el de ovario).

En Europa, la francesa Transgène apunta a la fibrosis quística y a la enfermedad muscular de Duchenne. Italia y Holanda han iniciado ensayos clínicos para tratar también la deficiencia de ADA. Incluso China comenzó en 1991 pruebas para remediar un tipo de hemofilia. Y Japón, siempre renuente a todo lo que sea manipulación genética y muy consevador en estas lides, recientemente creó un comité para evaluar las experiencias en curso y eventualmente iniciar algún proyecto.

Según el especialista norteamericano A. Dusty Miller, al principio, la investigación en terapia genética estaba dirigida hacia enfermedades hereditarias causadas por un defecto en un solo gen. Como muchas de ellas afectaban a las células de la sangre, se pensó que lo mejor era tomar como blanco principal a las células *stem* (troncales) de la médula ósea, que son las "madres" de todos los glóbulos rojos y blancos de un individuo. Se trataba en casi todos los casos de remover estas células de un paciente, insertarles un marcador y un gen normal que solucionara el defecto, y volverlas a reintroducir en la médula ósea, vía trasplante o directamente en la sangre.

Pero esta estrategia no brindó todos los frutos esperados. Hoy, todas las miradas científicas prefieren dirigirse al tratamiento genético de células somáticas más diferenciadas, tales como las células del hígado e, incluso, las de los músculos esqueléticos y las del tejido conectivo, además de actuar directamente sobre las células de los tumores.

Paradójicamente, Miller pronostica que los primeros resultados no se verán en las enfermedades hereditarias originalmente consideradas candidatas ideales, sino en enfermedades adquiridas, tales como ciertos cánceres y ciertas infecciosas, como el SIDA.

"La estrategia para tratar genéticamente al SIDA es proteger a las células de ser infectadas por el virus HIV o prevenir la reproducción del virus en los linfocitos ya infectados", revela Miller, activamente involucrado en este tema.

Pero es preciso subrayar que existen muchos tipos de ensayos y estrategias en curso, y que, en todos los casos, se trata de experimentos científicos caros, de resultados inciertos y con efectos secundarios desconocidos.

Adentro o afuera

Todos los experimentos se realizan hoy –y seguramente por mucho tiempo más, debido a las restricciones legales– sobre las células somáticas de seres humanos. Ningún científico ha pedido aún permiso para transformar las células sexuales de un sujeto, lo que permitiría arreglar no sólo su desperfecto genético sino también prevenir los de su futura descendencia. Un experimento así implicaría intervenir definitivamente en el genoma humano, con el peligro de causar disturbios a gran escala. Por ahora, los investigadores practican estas ideas con animales transgénicos. Pero hay quienes, como Anderson, ya imaginan un experimento con las células de embriones humanos tempranos.

Si bien la modificación de embriones humanos en sus primeras etapas de desarrollo no está permitida, muchos científicos piensan que de todos modos los costos de la terapia genética no se justifican en los fetos. Cuando un hombre y una mujer saben que son portadores de una grave alteración genética, es más fácil y menos costoso hacer un estudio genético previo de los embriones obtenidos en laboratorio para seleccionar a aquellos que no presentan el defecto genético que los conducirá a la enfermedad. Según este criterio, la terapia genética es un método maravilloso para tratar y eventualmente curar a los adultos enfermos, pero no para prevenir a todos sus descendientes, algunos de los cuales serán de por sí normales (por simple probabilidad genética).

Sea como sea, lo cierto es que hoy la terapia genética se efectúa en células del cuerpo y en prácticas *ex vivo*. Esto significa que se extraen las células (de la sangre, del hígado o de un tumor) del enfermo, se las infecta con un retrovirus para transferirles un gen humano normal, y se las reintroduce nuevamente en el paciente.

En enfermedades como la hemofilia, en la que falta un factor para la coagulación de la sangre, se puede operar sobre cualquier célula somática, ya que la proteína anticoagulante es necesaria en todo el organismo. En otras enfermedades –particularmente en la hipercolesterolemia– es necesario que el gen se introduzca en células del hígado.

El primer intento por transferir genes directamente a células somáticas, sin sacarlas del paciente (esto es, *in vivo*) se está llevando a cabo en la Universidad de Michigan en Ann Arbor. "Usamos el ADN como un fármaco", declaró recientemente Gary Nabel. El investigador revistió a los liposomas con plásmidos que conducen un gen humano para fabricar una proteína antigénica. La idea es inyectar estos liposomas en células tumorales de pacientes con melanoma, para que allí se produzca el antígeno. Si todo sale bien, el sistema defensivo del paciente reaccionará ante el antígeno y atacará al tumor.

Otros científicos están planeando cambiar a los retrovirus por los adenovirus, que permitirían también una terapia *in vivo*. Los adenovirus –algunos de los cuales causan los resfríos– tienen mayor capacidad de "carga" de genes foráneos y son menos peligrosos que los retrovirus. Además, infectan células sin necesidad de que se encuentren en proceso de división, y llegan a tejidos muy específicos, como los de los pulmones (por lo que resultan vectores ideales para tratar la fribrosis quística). Pero no garantizan una prolongada expresión del gen. En esto, los retrovirus, que se incorporan al genoma de la célula huésped, son imbatibles.

Aunque ninguno de los experimentos autorizados en seres humanos reemplaza un gen defectuoso por uno sano, igualmente implican una adición directa de ADN al genoma humano. Y, en muchas ocasiones, esto alcanza para tratar una enfermedad grave.

Una estrategia de auténtico reemplazo de gen enfermo por sano en un lugar específico (**gene targeting**) es la que están intentando –en animales, por ahora– Mario Capecchi, de la Universidad de Utah en los EE.UU., y otros equipos del Instituto Pasteur y del CNRS franceses. Por primera vez, los científicos logran determinar el lugar donde se insertará el nuevo gen en la célula. "Antes, lo mejor que podíamos hacer era meter de alguna manera el gen en las células y ponernos a rezar para que se ensamblara bien", recuerda Paul Berg, de la Universidad de Stanford. "Reparar un gen in situ –continúa– es mucho mejor que meter genes sin saber adónde van a parar".

La clave de esta estrategia es emplear el mecanismo de recombinación homóloga que se produce naturalmente entre cromosomas homólogos de las células. Durante ciertas fases de la vida de una célula, cada par de cromosomas intercambia partes entre sí. El resultado es una recombinación de información genética.

Lo que intentan Capecchi y otros es introducir en una célula muchas secuencias de ADN casi idénticas a la del gen alterado, para que se produzca un intercambio de material genético que lleve a una reparación del defecto. Como los fragmentos introducidos en la célula tienen una secuencia muy semejante a la del "blanco" genético, ambas versiones del gen probablemente intercambiarán nucleóticos durante la fase de recombinación. "Los dos genes hablan entre sí y se reparan mutuamente los defectos", graficó Berg. Pero en la actualidad todavía se parece más a un diálogo de sordos que a una comunicación fluida.

Modelo para armar

El primer requisito para tratar transgénicamente a una enfermedad es tener clonado el gen responsable de ella. También hay que contar con un vehículo (virus, liposomas, proteínas conjugadas, plásmidos) para transportar este gen a las células de las pacientes. En general, se están usando los retrovirus para los experimentos *ex vivo*, y se piensa recurrir a los adenovirus para los *in vivo*. Ultimamente, también se ha encontrado en el virus del herpes simple un transporte adecuado para llevar genes al sistema nervioso.

Pero para que un gen se exprese en su nuevo habitat es necesario, además, tomar ciertas precauciones, tales como adosarle sus propias secuencias reguladoras o aquellos promotores que induzcan su activación. Aún contando con estas secuencias, muchas veces se hace imposible controlar el nivel de expresión de un gen, es decir, la cantidad de proteína que se fabricará en la célula. Para curar ciertas enfermedades como las talasemias, es necesario que la producción de las proteínas llamadas globinas esté estrictamente controlada. Para el ADA, en cambio, basta con que se fabrique algo de la enzima faltante para que el organismo se vea beneficiado.

Los científicos esperan que los vectores transmitan los genes humanos normales de manera eficaz, estable y segura. De nada sirve que la proteína deseada se produzca durante poco tiempo, ya que luego reaparecerán los síntomas de la enfermedad genética. Por otra parte, el nuevo gen debe ser insertado en la mayoría de las células de un órgano o tejido defectuoso (por no decir en todas las células del sujeto enfermo), lo cual no es fácil si no se trabaja con células embrionarias o gametas sexuales.

Los expertos se enfrentan a otros dilemas. Por un lado, la expresión normal del gen debe quedar asegurada para provocar la curación definitiva del paciente; pero, por el otro, para que el remedio no sea peor que la enfermedad, la introducción del gen no debe perturbar el funcionamiento de los otros genes.

Uno de los últimos adelantos consiste en introducir, junto al gen "terapéutico" otro gen que actúe como "suicida" o "asesino", permitiendo eliminar las células recombinadas si el gen incorporado resulta nefasto para el individuo.

Aún así, todo sigue siendo un verdadero rompecabezas científico, que no alcanza a amedrentar ni a los investigadores ni a las más de 500 empresas e instituciones implicadas en la terapia genética. Es comprensible: por un lado, la terapia genética es el mayor sueño de todo aquel que quiera curar las peores enfermedades de nuestro tiempo; por otro lado, según la consultora Technology Management, les espera un mercado de 1200 millones de dólares para el año 2000.

Es cierto que los costos de investigación son siderales. Por ejemplo, una dosis de interleukina como la que utiliza Rosenberg en la inmunoterapia ronda los 100 dólares, y cada tratamiento lleva muchas dosis. Pero también lo es que el gobierno estadounidense tiene un sistema de incentivos para I&D de tratamientos para enfermedades "raras" (que afectan mucho a muy pocos) que invita a las empresas norteamericanas a invertir en este tipo de investigación y producción de drogas. Las empresas tienen la garantía de que el estado les asegura un mercado para sus productos, una vez desarrollados y probados. De este modo, hasta resulta más atractivo investigar una cura para el centenar de afectados por la deficiencia de ADA que desarrollar una vacuna para prevenir de la malaria a millones de habitantes del Tercer Mundo.

2.

El proyecto científico más grande de todos los tiempos se armó entre 1986 y 1989 en los Estados Unidos, pero pronto se extendió por todo el planeta como reguero de pólvora. Hoy, el Proyecto Genoma Humano (PGH) es un emprendimiento multinacional, tal vez la primera muestra de lo que puede ser la aldea global en términos científicos. Su propósito –¿o tal vez despropósito?– es conocer hasta los últimos resquicios del genoma humano, esto es, develar los secretos que guarda la combinación de los 3 mil millones de pares de bases del ADN, de aquí hasta el año 2005.

El proyecto empezó a abandonar su carácter de utopía cuando Renato Dulbecco hizo, en 1986, un llamamiento en la revista norteamericana *Science* para combatir el cáncer a través de la identificación de los genes implicados, "en un esfuerzo nacional –escribió– similar al de la conquista espacial".

El Departamento de Energía (DOE) ya había reunido en 1984 a unos cuantos biólogos moleculares para tratar el asunto. No es que fuera parte de su rutina, más bien orientada hacia la energía atómica y los faraónicos proyectos de física experimental (como los superaceleradores de partículas). Lo que ocurría era que el Congreso norteamericano los había conminado a evaluar el posible daño hereditario causado por la exposición a dosis bajas de radiación. Y la única manera de hacer semejante estudio era recurrir a las dotes de los biólogos moleculares. De las alteraciones puntuales del ADN a la secuenciación había unos pasos. Pocos para los que están acostumbrados a aplicarse con dedicación infinita a proyectos monstruosos, caros y a largo plazo.

Otros dos antecedentes tentaban a los científicos de los laboratorios de Los Alamos y Livermore (dos de los tres secretísimos laboratorios de investigaciones del DOE). Por una parte, desde 1985 cuentan con un conjunto de genotecas que contienen, cada una, todos los genes de cada cromosoma humano. Por la otra, en 1983 Livermore había creado la mayor base de datos para secuencias de ADN (el famoso GENBANK). Desde el principio, el DOE quiso el proyecto en sus manos.

En cambio, el referente supuestamente genuino para el proyecto –los Institutos Nacionales de Salud (NIH)– se mostró algo reticente. No estaban acostumbrados a destinar tanta plata a un solo proyecto. Desconfiaban de administradores no surgidos de la comunidad científica. Y no tenían ninguna hipótesis concreta para experimentar.

Sin embargo, tras muchos tires y aflojes –que incluyeron varios encuentros en distintos puntos del país del Norte–, el NIH recogió el guante y se lo calzó directamente al célebre James Watson, uno de los "padres" del ADN y garantía de prestigio científico. Watson había sido, junto con otros Premios Nobel (David Baltimore, Paul Berg, y Walter Gibert) un activo propulsor del proyecto. Además de crear una estructura especial y un centro *ad-hoc*, el NIH comenzó a aportar dinero para poner a punto el proyecto en 1988.

En la historia del surgimiento del PGH también metieron sus narices la Oficina de Tecnología del Congreso y la Academia Nacional de Ciencias de los EE.UU. El Congreso norteamericano se comprometió a aportar 3 mil millones de dólares en los siguientes quince años. Para 1992, el PGH recibió casi 170 millones de dólares (una bicoca al lado de los 534 millones que recibió la investigación en superconductividad junto al Supercollider, el otro megaproyecto del fin del milenio).

Husmeando la importancia tanto científica como política y económica del proyecto, varios países desarrollados se mostraron entusiasmados en participar. Mientras discutían con sus respectivos organismos, los EE.UU. hicieron punta y lanzaron a los cuatro vientos "su" PGH, dejando aclarado que también otros países tendrían sus propios proyectos –en una suerte de "balcanización" de la investigación de los cromosomas–, en coordinación multinacional.

El proyecto se internacionalizó verdaderamente cuando hizo su aparición en escena HUGO –la organización mundial que coordina el PGH en los 17 países involucrados–, financiada por el Instituto Médico Howard Hughes (EE.UU.) y el británico Wellcome Trust. También participan la UNESCO y el CEPH (el centro francés para el estudio del polimorfismo humano).

Hoy existen programas de investigación en Estados Unidos, la ex U.R.S.S., Japón, Gran Bretaña, Francia e Italia. Incluso existe un Programa Latinoamericano de Genoma Humano, aunque aún es más una ocasión de reunión para científicos de la región que proyectos concretos de secuenciación. Si bien los organizadores dicen que hay lugar para todos, es cada día más claro que lo más importante se cocinará allí donde hay más dinero y mejores equipos científicos.

Por cierto, una de las motivaciones de los grupos de investigación que toman parte en el megaproyecto es la de desentrañar las causas de las enfermedades genéticas humanas y la de conocer el rol de cada componente del genoma. Pero no deben descartarse los inconfesables deseos de fama y fortuna como acicates de la participación en el PGH. "La principal motivación que atrae a los científicos talentosos a sus metas son la fama o los beneficios financieros. Pero la recompensa más importante es satisfacer la propia curiosidad sobre cómo opera la naturaleza", dijo Watson en 1990.

Todos quieren figurar en el libro de los que hicieron la utopía posible, y nadie quiere quedar afuera del conocimiento que se generará a lo largo de estos quince años, conocimiento que quedará reservado para aquellos países que hayan aportado dinero y/o investigadores al PGH.

El conflictivo tema del patentamiento de lo que se descubra ya ha cobrado su primera víctima. Se trata nada más y nada menos que del gran James Watson, quien renunció en abril de 1992 por desinteligencias con el NIH, que incluyeron el patentamiento de cientos de secuencias genéticas humanas por parte de un investigador de un instituto del NIH, Craig Venter, sin su consentimiento. En su artículo de *Nature* de 1990, Watson había advertido que no quería siquiera imaginar una "nacionalización" de los esfuerzos científicos del PGH. "Las naciones del mundo deben comprender que el genoma humano le pertenece a la gente del mundo y no a sus naciones", subrayó con ingenuidad.

El número del 3 de julio de 1992 de la prestigiosa revista norteamericana *Science* traía en sus primeras páginas el programa detallado de la próxima gran Conferencia mundial sobre PGH (a realizarse en octubre en Niza, Francia). Perdido en las últimas hojas, un enorme aviso solicitaba (nuevo) Director para el Centro Nacional para la Investigación del Genoma Humano, del NIH. Watson se quedó sin un trabajo de más de 100 mil dólares anuales.

Cadena perpetua

Desde que comenzaron las primeras discusiones sobre el proyecto en 1986, hasta que finalmente se concretó en 1990, los objetivos variaron bastante, al ritmo de los avances tecnológicos. En los comienzos, Sydney Brenner había ironizado sobre la posibilidad de crear una colonia penal donde las sentencias de los convictos consistieran en realizar proyectos de secuenciación a largo plazo. Como todo chiste, tenía una gran dosis de verdad: pocos científicos de buen nivel querían embarcarse en la aburridísima tarea de leer las bases del genoma una tras otra, sin otro fin que armar la secuencia total de las cadenas de ADN. Recientemente se han desarrollado nuevas máquinas que secuencian automáticamente el ADN con la ayuda de robots. Aunque existen muy pocas en todo el mundo, han permitido acortar los tiempos y el tedio de muchas tareas, además de bajar los costos.

A pesar de los cambios, el objetivo último sigue siendo la determinación de la secuencia de nucleótidos del genoma humano, así como de los genomas de los organismos que figuran como modelos experimentales (*E.coli*, levaduras, la mosca *Drosophila* y el ratón). Para llegar a leer de punta a punta el genoma de todos ellos, los cerebros del PGH establecieron objetivos parciales a conseguir en tres etapas.

La primera fase (desde 1991 hasta el´95) se concentra en el mejoramiento de las técnicas para mapear y secuenciar el genoma humano, así como en los sistemas informáticos que permitan manejar y almacenar la impresionante cantidad de datos generados en los distintos laboratorios del mundo. "Innovación tecnológica'' es el nombre del juego de esta etapa. El premio será achicar costos y abrir la puerta finalmente a la secuencia de los millones de pares de bases del ADN humano.

La primera etapa estará cumplida cuando se consigan trazar ciertos mapas para ubicar los genes humanos y los de los animales de interés. Estos mapas serán cada vez más detallados hasta que finalmente, permitan hacer una comparación con las secuencias de bases obtenidas al filo del nuevo milenio.

Encontrando el camino

Si no se sabe la causa de una enfermedad genética –es decir, si ni siquiera se conoce si se trata de una proteína que falta o de una que es defectuosa–, y si no se ha tenido la suerte de tropezar con el gen que es el origen de la afección, sólo queda empezar a tantear el camino guiado por ciertas referencias, aquellas que estén más a mano. Pero hay que tener claro que se trata de rastrear la dirección de un edificio ubicado en una calle desconocida de un barrio nuevo en un continente inexplorado.

El primer paso que podría intentarse es diseñar un mapa con mínimos puntos de referencia. Estos mojones servirán como "marcadores" de la proximidad del gen deseado. Como se ha visto al tratar algunas técnicas diagnósticas, ciertos marcadores consisten en fragmentos de ADN que se heredan a lo largo de sucesivas generaciones familiares siempre junto a otros fragmentos de ADN, que supuestamente contienen al gen responsable de una enfermedad.

Este tipo de mapas (de **genetic linkage** o ligamiento genético) se basa en el principio de que cuanto más cerca están dos genes en un cromosoma, más probable es que se hereden juntos (sin sufrir recombinaciones en el momento de la meiosis celular). Por lo tanto, uno de esos genes puede actuar como marcador de la proximidad del otro, aunque éste sea desconocido. Analizando la composición genética de varias generaciones en una familia que presenta una enfermedad hereditaria, se puede llegar a descubrir que el gen culpable de la dolencia se encuentra en un cromosoma determinado (por ejemplo, el del mal de Alzheimer en el cromosoma 21 y el de la fibrosis quística en la mitad del cromosoma 7). Claro que después hay que encontrarlo entre las miles de bases que separan dos marcadores en ese cromosoma.

Para eso hay que "caminar" el cromosoma. Tarea fatigosa si las hay, que fue recientemente reemplazada por la actividad de "saltar" el cromosoma, más rápida y menos aburrida.

En todo caso, los mapas genéticos son representaciones de los lugares donde pueden localizarse los genes, separados por distancias que no se miden en centímetros sino en centimorgans o kilobases.

Si se trata de un mapa físico, la distancia entre mojones (que pueden consistir en ciertos fragmentos de ADN clonados, sitios de restricción, o lugares hipervariables específicos) se mide en miles de bases (kilobases). Si se trata de un mapa de ligamiento, que muestra la posición relativa de los genes de acuerdo con la frecuencia con que se transmiten unidos durante la reproducción sexual, se emplean centimorgans. Esta unidad consiste en la frecuencia con que se recombinan normalmente dos genes durante el proceso de división celular que da origen a las gametas. Por ejemplo, una distancia del 1 cM indica que existe una probabilidad de recombinación del 1 por ciento. Pero a no hacerse ilusiones, que aquí no termina la cuestión. Las frecuencias de recombinación varían según la región cromosómica, el sexo y las especies, con lo que la medida es difícil de generalizar o comparar con las medidas espaciales de uso corriente. A lo sumo, se puede decir que 1 cM equivale a un millón de pares de bases (1000 kb).

Watson afirmó que los primeros mapas a trazarse tendrán una resolución de 2 cM, lo que significa que entre marcador y marcador no debe haber más espacio que el que permita un 2 por ciento de probabilidades de recombinación de material genético. Al finalizar el proyecto, se supone que estarán listos diversos tipos de mapas, de mucho mejor resolución, que podrán ser comparados con los datos de la secuenciación de todas las bases del genoma.

La mayor utilidad de toda esta información será conocer el origen preciso de muchas enfermedades hereditarias, tanto con propósitos diagnósticos como terapéuticos. Pero el PGH tendrá además un impacto gigantesco sobre prácticamente todas las áreas de la biología, ya que generará nuevas técnicas e información preciosa para estudiar plantas y animales.

Lluvia de datos

Claro que la tecnología que hoy se está utilizando resultará obsoleta dentro de apenas cinco años. Por eso, y para no gastar pólvora en chimangos, los investigadores están abocados a las regiones codificantes del ADN, las que arrojarán datos útiles de inmediato, y patean lo más difícil para adelante.

Millones de muestras se están analizando en todo el mundo. La PCR se ha convertido en vedette indiscutida de todos los laboratorios, al permitir la amplificación sencilla y rápida de los exones, para su secuenciación. La otra técnica muy utilizada es la del clonado del ADNc, que es la copia complementaria de un ARNm. Este es el método que tantas satisfacciones –y odios– le ha traído a Craig Venter (ver próximo capítulo). Pero nada hay que los especialistas deseen más que contar con una o varias máquinas automatizadas para secuenciar bases.

En cuanto al panorama europeo, las apuestas no son menores. A la cabeza de todos se encuentra Daniel Cohen, un joven investigador que en los ´70 convenció al inmunólogo (luego Premio Nobel) Jean Dausset de instalar un instituto de investigaciones privado. Hoy, el CEPH, con sede en París, lidera mundialmente el estudio de familias con enfermedades genéticas hereditarias. El CEPH no sólo cuenta con la mejor colección de ADN de familias e individuos con alteraciones genéticas, sino también posee un banco de datos donde se almacena la información proveniente de cientos de laboratorios mundiales, que aceptan depositarla allí a cambio de las muestras enviadas gratuitamente por el CEPH.

Cohen aseguró que a fines de 1992 tendría mapeado el 90 por ciento del genoma humano. Es cierto que el 10 por ciento restante le demandará tanto tiempo y esfuerzo como lo anterior, pero igual es todo un logro.

Por su parte, el otro grande en este tema –Gran Bretaña– verá nacer en los próximos dos años un instituto (llamado "Fred Sanger" en honor al dos veces Premio Nobel

Nota: Mientras este libro entraba en imprenta, se anunció el mapeo completo de los cromosomas Y y 21 que inventó el método de secuenciación más usado) para secuenciar y mapear el genoma de ciertos animales y el hombre, bajo el amparo de los 100 millones de dólares que aportará el trust Wellcome. Del autotitulado "centro más grande del mundo" saldrán secuenciadas 15 millones de bases por año (poco, si se piensa en las 60 millones que piensa secuenciar Venter en un nuevo instituto).

El de los bancos de datos es otro gran capítulo del PGH. Para poder almacenar y manipular semejante cantidad de información se ha hecho necesario crear gigantescos bancos de datos interconectados en los tres continentes.

Los hay de distintos tipos. Los bancos generales contienen secuencias de ácidos nucleicos o de proteínas, sondas genéticas, polimorfismos y hasta referencias bibliográficas.

Los específicos se destinan sólo a enzimas de restricción, a los promotores, o al genoma de *E. coli*, entre otros asuntos puntuales. Los hay privados y públicos. Gratuitos y comerciales. Los más famosos son los norteamericanos *Genbank* y *Genome database* y el *EMBL*, perteneciente a la Comunidad Europea.

La cuestión de la propiedad de la información de esos bancos llegó hasta el FBI, que controla uno de los mayores bancos de datos de ADN. En un reciente escándalo, un investigador denunció que el FBI le pedía, a cambio de facilitarle unos datos, una coautoría en el *paper* a publicar y que uno de los científicos FBI lo supervisara y aprobara antes de su publicación. El FBI se justificó alegando la necesidad de preservar la confidencialidad de los datos. Los del bando contrario, que abogan por un libre y público acceso a los datos, retrucaron acusándolos directamente de ejercer la censura y de usar los datos para resolver sus propios casos en los tribunales. Como veremos enseguida, este es sólo uno de los conflictos despertados por la ingeniería genética.

Por ahora, aceptemos que el PGH es lo que se llama *Big Science*, un megaproyecto con cientos de investigadores involucrados, que develerá gran parte de los secretos de la vida aún desconocidos. También es, para muchos, la épica escena final de toda una época en las ciencias biológicas.

Cocinar o mirar las estrellas

Según Walter Gilbert, inventor de la otra técnica de secuenciación de ADN, la biología molecular se transformó en los últimos años en un recetario de técnicas de cocina que dicen cómo hacer para identificar una parte relevante del ADN, clonarla y secuenciarla. Más aún, muchos de los científicos que recién ingresan a los laboratorios no saben cómo construir un vector o una sonda, y simplemente los encargan a su proveedor amigo o a una empresa comercial vía fax. "En el paradigma actual, el ataque de los problemas en biología es únicamente experimental", dice Gilbert. "El nuevo paradigma emergente tras el PGH se basa en que todos los genes ya serán conocidos (en el sentido de estar a disposición en bases de datos) y que el punto de partida de la investigación será teórico, una conjetura teorética", afirma el académico de Harvard.

Para Sydney Brenner –quien dirige el prestigioso laboratorio de biología molecular de Cambridge, Gran Bretaña y bautizó con el nombre actual al PGH– la nueva genética que hizo posible este proyecto representa más un regreso al viejo paradigma científico de la observación y la medición que una continuación del paradigma moderno de la experimentación. "El estudio del genoma difiere tanto de la biología experimental como la astronomía difiere de la física experimental", señaló recientemente en *Nature*. "Para nosotros los 'genónomos', la invención del secuenciamiento puede ser comparada a la invención del telescopio por parte de Galileo; como los astrónomos, nosotros también podemos mirar hacia el pasado lejano, reconstruyendo los genes y genomas de organismos extinguidos. No tenemos hipótesis y no tenemos experimentos para hacer", dice Brenner. Pero al mismo tiempo que define la práctica de los nuevos genetistas como un trabajo duro de observación y medida del ADN en el laboratorio, coincide con Gilbert y pronostica que el futuro de su disciplina será el tomar distancia de todos esos datos para teorizar sobre lo que las secuencias *significan*.

"El próximo incremento del volumen de información en las bases de datos dividirá al mundo entre los que tienen y los que no, hasta tanto cada uno se conecte electrónicamente a esa información y aprenda a navegar por ella", advierte Gilbert. Para este polémico científico, la clave está en colgarse de las redes de computación mundiales y hacer de las bases de datos cosas semejantes a kits o probes listos para aplicar a determinados problemas.

Algunos visionarios parecen haber pescado esto en el aire. Un reciente aviso en una revista científica publicitaba el lanzamiento de un sofisticado programa de computación para redactar bien los proyectos de liberación al ambiente de organismos recombinados genéticamente, con el fin de obtener permisos oficiales en forma rápida y eficiente. En este programa de hipertexto, toda la información existente sobre los genomas de los animales aparece fichada y guardada en casilleros tan importantes como los de las leyes regulatorias en los EE.UU. y en Europa. Sólo es cuestión de usarla para obtener los mejores beneficios.

3.

Como en el film *Brazil*, de Terry Gillian, el futuro está impregnado por las huellas del pasado. El camino hacia atrás del que habla Brenner inauguró nuevas disciplinas: la paleogenética, la arqueología y antropología moleculares.

El análisis de pequeñísimas porciones de ADN –amplificadas gracias a la PCR– halladas en huesos fósiles milenarios permitió reconstruir recientemente los caminos migratorios por los cuales el hombre moderno se extendió por todo el planeta a partir de su origen posible en Africa o Asia.

Respecto del derrotero del *Homo sapiens* a lo largo de la evolución, en los últimos cinco años se desató uno de los más virulentos debates que se recuerdan. El recientemente fallecido Allan Wilson y su equipo de la Universidad de California en Berkeley, sostienen que el primer hombre moderno fue en realidad una mujer africana, una Eva negra que habría existido entre 150 y 200 mil años atrás, en lugar de hace un millón de años, como sostenían las teorías tradicionales. Además de la audacia de las conclusiones de Wilson y su colega Rebeca Cann, de la Universidad de Hawai, lo que revolucionó el campo científico fue el uso del ADN mitocondrial para hacer los estudios y cálculos retroactivos.

Aunque casi todo el ADN se concentra en el núcleo de las células, una pequeña porción se ubica en unas estructuras celulares (mitocondrias) que transforman el azúcar en la energía que las células necesitan. Este ADN mitocondrial no adopta la forma lineal de los cromosomas sino la de anillo, y sólo posee 37 genes bien conocidos por los especialistas. Lo más sorprendente es que estos genes mitocondriales se heredan únicamente por vía materna. A diferencia de lo que ocurre con los cromosomas en la constitución de un nuevo ser, el aporte del padre es completamente irrelevante para la composición del ADN mitocondrial.

La estrategia de Wilson fue justamente remontarse desde el ADN mitocondrial de mujeres que viven hoy en distintos puntos del globo hasta su antecesora común. Además, Wilson inventó una especie de reloj molecular que calcula el tiempo de acuerdo con el ritmo de las mutaciones que se producen a lo largo de las generaciones. Así ubicó a Eva sólo 200 mil años atrás.

Esta y otras audaces afirmaciones de Wilson levantaron críticas en todas partes. Sin embargo, el análisis mitocondrial quedó en pie como una de las técnicas más valiosas para rastrear el origen del ser humano, incluso aplicable al rastreo de la filiación materna de cualquier niño; por ejemplo, esto es lo que realiza Mary Claire King en la Universidad de California, en Berkeley, para identificar a las abuelas de aquellos niños con madres desaparecidas.

Cada una de las tres líneas que acabamos de dibujar –Terapia genética, Proyecto Genoma Humano, Evolución molecular– están en la frontera del conocimiento y permiten imaginar el perfil futuro de la biología molecular. Si bien hay una enorme cantidad de líneas que no hemos podido abordar por falta de espacio (entre ellas, el diseño de proteínas sintéticas, la revolución en inmunología, el uso de la biotecnología para descontaminar el medio ambiente, así como muchas de sus aplicaciones industriales, especialmente en alimentación), deliberadamente hemos tratado de no incluir hasta aquí las grandes controversias éticas y sociales puestas en juego por la ingeniería genética. Pero ha llegado la hora de espiar el lado oscuro de la luna. Muchos dicen –como de las brujas– que tales zonas oscuras no existen. Pero que las hay, las hay.–

Capítulo V

PESADILLAS AL ACECHO

El caso Azul

La carta cayó en sus manos de manera casi fortuita, pero eso no disminuía ni un ápice la quemazón entre los dedos. Un amigo de un amigo, tan investigador como él pero empleado en el famoso Instituto Wistar de Filadelfia (EE.U.U.), había escuchado la noticia en los pasillos. Ahora, la responsabilidad le pesaba en la palma, le roía el pensamiento.

Mariano Levin hizo la denuncia a dos puntas. Tanto el ministerio de Salud Pública como una asociación de científicos argentinos se enteraron al mismo tiempo –en septiembre de 1986– que se estaba llevando a cabo un experimento con un virus recombinado genéticamente en un campo de Azul (provincia de Buenos Aires). Todo se hacía en secreto y sin los recaudos que tomaría en el Norte semejante experiencia al aire libre, con vacas lecheras y con seres humanos expuestos al contagio.

Fue como una bomba. La piedra del escándalo impactó en los diarios argentinos y se extendió en círculos cada vez más amplios al exterior, hasta llegar a las primeras planas de todo el mundo, a altos despachos oficiales y a las más prestigiosas de las revistas con que se comunican los científicos.

"Si pudimos detener el peligroso experimento fue porque contamos con el apoyo de toda la comunidad científica argentina. Pero no pudimos evitar que el virus infectara a los peones de campo, generando anticuerpos en su sangre, aunque hasta el momento sin consecuencias más graves", dice Levin, quien desde que volvió de su exilio político en Francia encabeza un laboratorio en el Instituto de Genética y Biología Molecular (INGEBI) dedicado al estudio del parásito que provoca el mal de Chagas.

El virus que se experimentaba es una combinación genética del de la viruela con el de la rabia: consiste en la incorporación del gen de una proteína del virus de la rabia (que actúa como antígeno) al ADN del virus de la viruela. Este produce entonces el antígeno de la rabia, y despierta las defensas del organismo inoculado. Así, se intenta promover la inmunidad de los animales contra la rabia, un problema que preocupa especialmente a Estados Unidos por la epidemia que no cede en algunas zonas de animales silvestres.

En ese entonces, el empleo del virus de la viruela para fabricar la vacuna todavía hacía fruncir la nariz de legos y entendidos. Tan sólo en 1980, la Organización Mundial de la Salud había anunciado la erradicación definitiva de la viruela de la faz del planeta (aunque, por supuesto, algunos ejemplares se conservaban bien guardados en laboratorios militares y de los otros). Aunque se desactivaran sus partes más peligrosas, liberar nuevamente al ambiente al siniestro virus era una apuesta de resultado incierto. El ensayo planeado por el instituto Wistar en convenio con la Organización Panamericana de la Salud (OPS) para aplicar la vacuna elaborada en combinación con la empresa francesa

Transgéne (que comercializaría luego la licenciataria Merrieux) concitó la oposición furibunda de casi todos.

Para empezar, se pasó por alto una directiva establecida en los propios países de la OCDE: "El investigador debe notificar u obtener aprobación de la autoridad nacional responsable antes de la liberación del microorganismo al ambiente".

Un experimento así no hubiera sido permitido en los EE.UU. o Europa. Es cierto que en Bélgica se experimentaba con esta vacuna, pero en zonas militares deshabitadas. "Aunque no esté escrito en ninguna parte, es claro que el experimento de Azul tenía como objetivo evaluar la posiblidad de contagio de los seres humanos", subraya Levin. Para justificar su denuncia, recuerda que la inoculación de la vacuna se hizo en vacas *lecheras*, a las que ordeñaban diariamente y de cuya leche se alimentaban los trabajadores; además, periódicamente se les extraía a éstos sangre ¿por qué hacerlo si no se preveía un contagio?

Se sabe que el virus de la rabia tiene especial predilección por el tejido nervioso. Aunque el de la viruela no suele afectarlo, nadie podía asegurar que, una vez recombinado con el de la rabia, no cambiara de preferencias, con consecuencias nefastas.

Después de la denuncia de Levin, se supo que el experimento había sido puesto en marcha por el mismísimo Hilary Kropowsky –el jefe máximo del Wistar– en marzo de 1986, cuando estuvo "de vacaciones" en la Argentina.

Aunque el escándalo siguió durante mucho tiempo en las bambalinas científicas, desapareció pronto de las tapas de los diarios. Ni las autoridades sanitarias ni la justicia argentina aplicaron castigos por el ingreso no declarado del virus recombinado al país, ni por el secreto del experimento, ni por el riesgo en el que se puso a toda una comunidad. Incluso el presidente de la OPS –uno de los máximos responsables del asunto– consiguió su reelección en el cargo durante el escándalo, y con el voto favorable del representante argentino. La única medida de las autoridades sanitarias de ese momento fue detener el experimento y cancelar el subsidio de 1 millón de dólares que recibía el CEPANZO –organismo de la OPS que maneja la granja experimental de Azul– para realizar investigación en ese lugar.

Como si esto fuera poco, posteriormente un funcionario descubrió que todo el expediente del caso había desaparecido de la caja fuerte oficial. Con esto se perdió la última oportunidad de rever el caso y de conseguir reparaciones para las víctimas de la irresponsable manipulación con material recombinado.

Pero no fue ésta una excepción. Aunque la mayor parte de las veces este tipo de ensayos realizados en el Tercer Mundo no trascienden públicamente, la Argentina cuenta con el dudoso honor de tener otra historia semejante en sus anales científicos. Según Levin, unas 6000 personas recibieron una vacuna recombinante contra el virus Junin que causa la fiebre hemorrágica argentina, popularmente conocida como el mal de los rastrojos. La vacuna fue diseñada en Fort Knox –una instalación militar norteamericana– en conjunción con un instituto argentino, que permitió su experimentación local.

Pero mientras la denuncia sacudía a Buenos Aires –y para mostrar que en todas partes se cuecen habas– otro escándalo se destapaba en los Estados Unidos. La empresa Advanced Genetics Sciencies había ensayado al aire libre, en el techo de su propio edificio californiano, la actuación de una bacteria modificada genéticamente para impedir el congelamiento de ciertos cultivos. Los entes reguladores no habían otorgado el permiso pertinente y pusieron el grito en el cielo cuando se enteraron.

Por más que muchos han defendido esta clase de experimentos bajo el argumento de que "en la naturaleza continuamente se producen mutaciones genéticas", es obvio que ello no justifica provocarlas artificialmente *a piacere*, y mucho menos sin someterlas a control social. Es cierto que desde entonces más de 400 ensayos al aire libre se han realizado sin problemas con plantas y microorganismos recombinados genéticamente. Pero fueron hechos con conocimiento público y consentimiento de los interesados, en forma legal y, sobre todo, monitoreados rigurosamente.

Hoy son decenas los países que han reglamentado la liberación al medio ambiente de organismos recombinados genéticamente. En todos los casos, las medidas de seguridad incluyen condiciones de confinación, barreras geográficas y biológicas para evitar la recombinación con otros organismos del ambiente, controles y monitoreo de todos los elementos, información detallada y celosamente guardada, y destrucción final de los elementos participantes en el experimento.

De todos modos, éstos fueron los primeros escándalos públicos de la ingeniería genética. Por ese entonces, más agua oscura corría silenciosamente bajo los puentes. Cuando se dice que la moderna biotecnología revolucionó todo, no hay que olvidar que, en última instancia, lo que puso en jaque fue toda una visión de la naturaleza y del papel del hombre en ella.

Privatizar la vida

El reciente portazo de James Watson al Proyecto Genoma Humano resultó opacado frente a las razones de su enojo. La solicitud de patentamiento de miles de secuencias genéticas humanas por parte del investigador Craig Venter y de los Institutos Nacionales de Salud (NIH) norteamericanos es la culminación de un largo proceso que comenzó en el invierno del ´69, cuando el científico indonorteamericano Ananda Chakrabarty, de la General Electric, se presentó ante la Oficina de Patentes de los EE.UU. para patentar una bacteria *Pseudomonas* que él había "entrenado" para convertir el petróleo crudo en alimento, limpiando de paso los tanques de las petroleras.

Ocho años, después, la Corte Suprema otorgó a General Electric el monopolio de explotación de la bacteria "inventada" por Chakrabarty. "Cualquier cosa bajo el Sol que sea creada por el hombre puede ser patentada" se convirtió en mucho más que una frase del fallo del tribunal. Fue la jurisprudencia sobre la que se sentaron todos los que vinieron después de Chakrabarty a pedir protección legal para su bioinvención.

Mientras sólo se trató de bacterias, hubo polémica pero hasta ahí nomás. Una ostra patentada por la Universidad de Washington siete años más tarde no levantó demasiada polvareda. Pero, en 1988, el patentamiento de un ratón por parte de la Universidad de Harvard trepó raudamente a la primera plana del *New York Times*.

Philip Leder, de Harvard, y Timothy Steward, de Genentech, habían trabajado duro para introducir un gen humano sospechoso de predisponer al cáncer de mama (conocido como **myc**) en un embrión de ratón. No había sido fácil conseguir que el gen myc adicional se expresara en las células de ratón, y mucho menos que sólo lo hiciera en el tejido de las mamas. Para ello tuvieron que recombinar las partes codificantes humanas con promotores específicos del ratón, además de conseguir que esa modificación se heredara y diera lugar a una línea de ratones myc.

Harvard creía que merecía un premio por aportar a la ciencia un modelo animal para el cáncer que mata a miles de mujeres en el mundo. La Oficina de Patentes de los EE.U.U. así lo interpretó, y otorgó la patente. Harvard luego derivó a Du Pont la licencia para comercializar los ratones myc a los laboratorios que investigan en cáncer, por el módico precio de algo más de 10 dólares el ratón.

A esta altura del partido, lo escandaloso no fue el otorgamiento de un derecho de propiedad sobre una forma superior de vida (nada menos que un mamífero), sino el alcance enorme de la patente. Harvard es ahora propietario no sólo de la línea de ratones myc sino también de la secuencia genética introducida (myc + promotor), por más que incluya un gen natural.

Todas las discusiones parten del concepto de patentes y aquello que engloba. Nacidas en el siglo XIX como consecuencia de la revolución industrial, las patentes representaban un intento de amparar legalmente los productos de la química y las invenciones en el campo de la mecánica llevadas a cabo por artesanos. Desde el principio, se marcó claramente la diferencia entre la invención de algo nuevo y el simple descubrimiento de lo existente. Toda invención debía tener una clara utilidad práctica.

Hasta poco tiempo atrás, el derecho de propiedad distinguía entre cosas animadas e inanimadas. El hombre podía decir que era el dueño de la naturaleza –y usarla– pero no que era su propietario. En ese entonces, quedaban excluidos de las patentes los elementos naturales (agua, especies), las leyes naturales (la gravedad, el magnetismo) y el hombre. Sólo los métodos para obtener un nuevo producto con aplicación industrial –y, en algunos países, los mismos productos inventados– podían recibir patentes.

Claro que el advenimiento de la ingeniería genética puso todo patas para arriba, empezando por la noción de "invento". ¿Es un invento el interferón recombinante, es decir, el compuesto idéntico al natural pero producido por ensamblaje del gen humano en una bacteria? ¿es que Cohen y Boyer inventaron las enzimas de restricción o sólo las utilizaron para cortar y ensamblar genes en un plásmido, del mismo modo que hace la naturaleza? y ¿acaso se conoce la utilidad de las secuencias genéticas humanas recientemente patentadas por Venter?

"La patente no es una construcción jurídica abstracta, sino que sigue muy de cerca los intereses económicos", subraya Alberto Bercovitz, abogado español especialista en el tema.

A partir de 1873 se concedieron en Europa patentes para fermentos y vacunas bacterianas. Incluso Pasteur obtuvo protección legal para algunos de sus descubrimientos. Pero hasta muy poco tiempo atrás, la legislación europea prohibía el patentamiento de animales.

En cuanto a las plantas, en los países de la CEE –como en casi todo el mundo– se otorga una protección al que desarrolla una nueva variedad vegetal, pero que no es tan amplia como la de una patente. Las plantas transgénicas sí se pueden patentar en casi todo el mundo.

La tradición europea de desaliento al patentamiento de organismos vivos o de compuestos humanos que son réplicas de los naturales se quebró en 1991, cuando la Oficina Europea de Patentes aceptó el pedido de Harvard para su oncoratón.

El mundo de las patentes

Las patentes tienen validez territorial, es decir, que es necesario patentar una invención en cada país donde se desea obtener protección y privilegio comercial. Pero el problema es que existen significativas diferencias en las normas que rigen el patentamiento de seres vivos en los distintos países del mundo.

Si Alemania y Japón se encuentran entre los más renuentes a patentar la vida, Estados Unidos se ubica en el extremo opuesto. Gran Bretaña y Francia ocupan lugares intermedios que progresivamente se inclinan hacia una mayor permisividad. Mientras en Estados Unidos prima la política de permitir el patentamiento de todo, aun lo que es réplica de la naturaleza, en Europa existe una mayor preocupación por los ribetes éticos de la apropiación de formas de vida.

Una gran diferencia entre la legislación europea y la norteamericana reside en el papel que juegan las publicaciones o el anuncio de la invención antes de solicitar la patente. Mientras basta un párrafo en una conferencia para eliminar la novedad de la invención y arruinar las posibilidades de conseguir una patente en Europa, del otro lado del Atlántico el investigador tiene un plazo de un año, tras la revelación de su invención, para reclamar su derecho prioritario.

En cuanto a América Latina, sólo en los últimos tiempos algunos países decidieron tomar cartas en el asunto biotecnológico. Los miembros del grupo andino (Perú, Bolivia, Colombia, Ecuador y Venezuela) tomaron la decisión de distinguir claramente entre aquello que pertenece a la naturaleza (y es no patentable) y lo que es producto de la invención del hombre. Además, y en consonancia con la tendencia europea, establecieron que no son patentables las invenciones relacionadas con la identidad genética del ser humano. Méjico adoptó una postura similar.

En lo que hace a la Argentina, el abogado y consultor en patentes Carlos Correa, del Centro de Estudios Avanzados de la Universidad de Buenos Aires, recuerda que todavía está en vigencia una ley que sólo excluye de las patentes a los productos farmacéuticos. Por lo tanto, en principio, pueden patentarse desde genes humanos y microorganismos recombinantes hasta plantas y animales transgénicos.

Pero en el Parlamento existen varios proyectos en estudio para modificar esta antigua ley. Según Correa, la mayoría de los proyectos en danza también trazan una clara divisoria de aguas entre lo que es natural (y no puede ser apropiado por nadie) y lo inventado por el hombre, además de excluir el patentamiento de las invenciones relativas a los animales y a la identidad humana.

Un aspecto aún no resuelto es el del depósito de los microorganismos recombinados a cambio del privilegio de la patente. Para cumplir con el requisito de describir suficientemente la invención que exige la ley, los ingenieros genéticos no tienen más remedio que depositar sus bioinvenciones en un lugar preparado para ello. Existen depósitos validados internacionalemente (por el Tratado de Budapest) que otorgan muestras a quienes las requieran. El problema es que muchos países en desarrollo no cuentan con depósitos ni han firmado el convenio internacional.

Claro que este es un detalle menor al lado del debate sobre la propiedad de los recursos genéticos, que estuvo a punto de hacer fracasar la Conferencia sobre Medio Ambiente y Desarrollo de las Naciones Unidas (conocida como ECO ´92) llevada a cabo en Río de Janeiro. Los tesoros genéticos en términos de biodiversidad se localizan en los países en desarrollo, que no pueden explotarlos por falta de tecnología y dinero. En cambio, son buscados con propósitos comerciales por las empresas de países ricos, que se llevan los genes "silvestres" para ensamblarlos en sus "nuevas" plantas o para producir medicamentos con nuevas propiedades terapéuticas, que luego venderán a los países de donde provienen esos recursos genéticos. El conflicto se presenta al tener que decidir la propiedad de esos recursos y productos o, más bien, las regalías que podrían exigir los países pobres a quienes utilizan sus recursos para desarrollos industriales. La cuestión se agrava por la amplitud de la ley de patentes de los Estados Unidos, que acepta la protección de cualquier gen, mientras esté aislado y caracterizado.

Demasiado tarde para lágrimas

Una patente es un derecho de explotación comercial monopólica –durante un número de años– que recibe alguien en premio por aportar un invento a la humanidad. Ese premio se otorga siempre y cuando el inventor describa suficientemente su invento, de modo que cualquiera que esté entrenado en el tema pueda servirse de él en el futuro.

Los requisitos para otorgarla son que la invención sea **novedosa, no obvia y con utilidad.** Aunque parezca sencillo, estas tres palabritas esconden mil vericuetos legales por donde se cuelan los científicos y empresarios, llevados por las sabias manos de los consultores en patentes biotecnológicas, dicho sea de paso, una verdadera profesión con futuro.

Justamente, el caso de Craig Venter se presta a la duda por no cumplir supuestamente con alguno de los criterios. Todo empezó en el verano de 1990, cuando el investigador de un instituto del NIH que trabajaba dentro del Proyecto Genoma Humano, decidió patentar las secuencias de ADN_C que había obtenido por medio de un aparato automático en su laboratorio.

"Lo que Craig Venter pretende es una monstruosidad", saltó James Watson, a quien tomó por sorpresa la jugada de Craig y el NIH de solicitar la protección legal de las secuencias antes de encontrar su utilidad. "Es como pretender patentar la tabla periódica", protestó Maynard Olson, genetista de la Universidad de Washington y también miembro del PGH.

Pero ni Craig ni sus jefes del NIH (obviando totalmente a Watson) se amilanaron frente a las protestas. Más aun: en el último año han presentado nuevas solicitudes para patentar más de mil secuencias de ADN humano, de las que no se sabe para qué sirven.

"La ley de patentes no ha sido concebida para convertirse en una especie de lotería en la que uno puede apostar por una lista de letras con la esperanza de que sea la combinación ganadora", dice Olson. "La secuenciación automática que usa Venter es un trabajo tan rutinario que hasta un niño o un chimpancé bien entrenado podría hacerlo", señala Enrique Gómez Lahoz, biólogo español. "No se debe patentar la naturaleza inmodificada, ni al ser humano ni a ninguna de sus partes", insistió el científico argentino Héctor Torres, director del INGEBI. Pero lo cierto es que la ley de patentes norteamericana lo permite.

No hay pataleos que detengan al NIH. Saben que la información genética tiene un valor enorme, aunque, todavía se desconozca el mensaje que contenga y hasta si tiene significado útil. Aunque el PGH muestre su bonita cara de colaboración científica sin fronteras, ahora se sabe que no es más que maquillaje para tapar los pliegues de siempre, que no son otros que los del poder y del dinero.

"Es muy tarde para argumentar, como hacíamos en los '60, que la biología tiene valor por sí misma, tenga o no beneficios económicos o aplicaciones para la salud. Especialmente cuando muchos académicos se han hecho millonarios y el presupuesto de los Institutos Nacionales de Salud (NIH) supera los 7 mil millones de dólares anuales", se sinceraba en 1989 David Baltimore, entonces profesor en el célebre MIT. "Tampoco podemos pretender que algunos investigadores no hagan buen dinero con sus trabajos exitosos", escribió.

Quien parece tenerlo claro es Venter. Recientemente se conoció su renuncia al NIH y su asociación con una corporación de inversores llamada Healthcare, que le pondrá a su disposición una veintena de máquinas para el secuenciamiento automático de ADN_C, invirtiendo 70 millones de dólares en un instituto para él. La jugada de esta empresa no es inocente: también abrirá una división de desarrollo de los potenciales productos que salgan de las manos de Venter y una sección especial para su comercialización.

Para hacer honor a la verdad, la idea ya la tuvo antes otro empresario norteamericano, Frederick Bourke, quien en 1991 recorrió los mejores laboratorios para convencer a las estrellas científicas de dirigir su empresa de secuenciación de 50 millones de dólares. Pobre Bourke, se quedó sin el negocio y fue muy criticado en ese entonces, aunque en todo momento aseguró que jamás patentaría secuencias "anónimas" como hoy pretenden Venter & Asociados.

Por otra parte, la reacción de Gran Bretaña no se hizo esperar. Su Consejo de Investigaciones Médicas anunció que no dará a conocer sus datos hasta tanto "proteja sus intereses", y, además, el Wellcome Trust decidió solventar con 100 millones de dólares un nuevo supercentro de secuenciación.

Todo hace pensar en que los tiempos por venir verán pasar la secuenciación del genoma humano de manos académicas a privadas, y del trabajo artesanal o más o menos automatizado de pequeños laboratorios a la producción en línea industrial.

Algunos científicos creen que son buenas noticias, por cuanto volverán a tener sus manos libres para investigar cosas interesantes, en lugar de matar las horas en aburridas tareas de secuenciación. Pero otros protestan, al ver que los subsidios oficiales –tan difícilmente obtenidos– irán drenando hacia las manos gordas de la industria, a medida de que éstas demuestren que son capaces de hacer el trabajo más rápido y a menor costo que las universidades.

De todos modos, algo parece claro. Si Venter y el NIH se apropian de las secuencias, no sólo se limitará enormemente la competencia de otros investigadores en este campo sino que se echará abajo buena parte del edificio científico, construido sobre las premisas de libre intercambio de información entre pares y carácter público del conocimiento fundamental generado por la ciencia.

(Mientras este libro entraba en imprenta, se dio a conocer el primer dictamen de la Oficina de Patentes de los EE.UU. que niega la propiedad monopólica solicitada por Venter & Asoc. Aunque todavía no está dicha la última palabra, pues el NIH apelará la decisión cuantas veces sea necesario, la presión de la comunidad científica internacional es tan fuerte que pocos dudan de que esta negativa se revierta en posteriores instancias. Continuará).

¿Un mundo feliz?

Watson se dio cuenta desde el comienzo de los peligros que acarreaba el PGH. Por ello insistió en que el 3 por ciento del presupuesto de los primeros años se destinara a la investigación de los efectos éticos y sociales de la información genética obtenida gracias al PGH. En 1991, por ejemplo, el NIH destinó 90 millones de dólares a esta investigación.

"Debemos trabajar para que la sociedad aprenda a usar la información sólo en forma beneficiosa y, de ser necesario, dictar leyes que prevengan intromisiones en la privacidad genética de un individuo por parte de sus empleadores, aseguradoras y agencias gubernamentales, para evitar la discriminación con base genética", escribió Watson en 1990.

El fantasma que asustaba a Watson era el de la eugenesia y el del nazismo. La eugenesia nació en Inglaterra durante el siglo pasado en manos nada menos que del científico Francis Galton, primo de Darwin y uno de los padres de la estadística aplicada a la biología. Pronto, esta teoría supuestamente científica de favorecer a quienes portan los mejores genes y controlar hasta terminar a los que cargan con los inferiores se convirtió en un movimiento social con muchos adeptos en las clases alta y media. Esterilizaciones masivas de "idiotas" y "anormales" se llevaron a cabo en Gran Bretaña y los Estados Unidos a comienzos de este siglo.

Varios Premios Nobel se alistaron a lo largo del siglo XX en el movimiento eugenista.

La doctrina de seleccionar a los más aptos y eliminar a los débiles que representan cargas para la sociedad tuvo su remake en la Alemania del '30. El nazismo llevó la teoría a la práctica con extremada minuciosidad, eliminando a judíos, homosexuales, gitanos y toda "lacra" que pudiera contaminar la pureza y perfección de la raza aria. Pero no se trata de peligros enterrados en el pasado.

La eugenesia es una consecuencia posible del PGH. Se trata exactamente de la cara opuesta de la terapia genética. Una vez que se conozcan todas las bases genéticas que constituyen al ser humano normal, será relativamente sencillo averiguar las alteraciones en cada individuo, y eliminar las "indeseables". Para algunos será indeseable la hemofilia, y entonces se tratará de impedir que los hemofílicos –y hasta los portadores sanos– existan . Otros irán más allá, cada vez más, hasta ¿por qué no? eliminar a los de cabello oscuro, o a los de coeficiente intelectual levemente inferior a la media.

De hecho, en 1965 se abrió un debate en la prestigiosa revista *Nature* respecto de un supuesto "cromosoma del crimen". Varios investigadores plantearon una asociación estadística entre el comportamiento agresivo y la presencia de una alteración en los cromosomas sexuales masculinos (XXY, en lugar del normal XY). Pronto el "sindrome XXY" estuvo en boca de todos, y sus portadores comenzaron a ser considerados "degenerados peligrosos". Algunas madres abortaron al saber que los fetos presentaban esa anomalía.

Hoy, la teoría del "cromosoma del crimen" está completamente desacreditada. Pero son cada vez más las **diferencias** que son leídas por la sociedad como **defectos.**

En un futuro no muy lejano se podría declarar obligatorio un documento de identidad genético. Aplicando entre 100 y 1000 sondas diagnósticas al ADN de un individuo, se podrían obtener todos los rasgos recesivos y dominantes asociados a una enfermedad, e incluso todas aquellas "predisposiciones" a contraer enfermedades tales como la hipertensión, el cáncer y problemas cardíacos. Además, se establecerían tendencias genéticas a padecer enfermedades mentales (esquizofrenia, psicosis maníaco depresiva), amén de contar con información que permitiera la filiación inequívoca y la identificación para posibles usos forenses.

Uno de los mayores problemas que esto acarrearía sería la reacción de los sujetos cuando se sepan portadores de algo para lo cual no hay cura. Como muestra claramente hoy el SIDA, se creará una creciente clase social integrada por aquellos que están clínicamente bien pero son tratados como si estuvieran enfermos. Los efectos negativos no son difíciles de imaginar: marginación cuando no exclusión, discriminación laboral, negación de cobertura médica, presión para evitar su descendencia.

El tema de la discriminación laboral es una realidad en los Estados Unidos. Aunque existen varias leyes antidiscriminatorias vigentes, y los mismos expertos sociales del PGH recomendaron recientemente prohibir todo estudio genético de rutina antes de ingresar a un empleo, una encuesta reciente de la Oficina de Tecnología (OTA) reveló que por lo menos un 10 por ciento (pero se supone que la cifra es mucho mayor) de las empresas norteamericanas hoy los realizan.

Los empresarios se justifican en la necesidad de prevenir la eclosión de enfermedades por exposición a contaminantes industriales. Por ejemplo, se sabe que los afectados por las alteraciones de la sangre englobadas bajo el rótulo de talasemias, pueden verse afectados por el contacto con plomo y benceno. Claro que esto, en verdad, no hace más que ocultar que *cualquiera* resulta perjudicado por tal exposición. Detectar a quienes poseen alteraciones genéticas es como instalar un canario en una mina de carbón: cuando empieza a dar síntomas de intoxicación es señal de que hay que abandonar el trabajo. La idea es que los canarios son bichos especialmente sensibles a las emanaciones, y por eso –no por las emanaciones– mueren. De modo similar, se podría sostener que no hay por qué correr con los gastos médicos de quien resulta afectado por un contaminante en el trabajo, ya que se trata de un sujeto "predispuesto genéticamente". Es su problema y no el de la empresa. Lo mejor que ésta puede hacer es cambiarlo de lugar de trabajo o sugerirle que busque otro.

Según los investigadores de la Escuela de Medicina de Harvard Paul Billings y Jon Beckwith, con los estudios genéticos previos los empresarios aparentemente buscan seleccionar los trabajadores potencialmente más productivos, pero en el fondo lo que buscan es bajar sus costos de seguro médico.

De todos modos, no puede negarse que es beneficioso para los empleados el conocer su riesgo, siempre y cuando esto sirva para cambiarlos de lugar de trabajo y no para que lo pierdan.

Un antecedente ya existe en los Estados Unidos, donde la Fuerza Aérea impidió en 1979 que un afroamericano, Stephen Pullens, continuara su carrera militar debido al descubrimiento de que era portador de un gen de anemia falciforme.

Esta enfermedad, que afecta el transporte de oxígeno por parte de los glóbulos rojos de la sangre, incide en 1 de cada 625 negros norteamericanos (1 de cada 12 es portador de una copia alterada del gen). Pero, por tratarse de una enfermedad hereditaria recesiva, aquellos que sólo tienen afectado un alelo del par, son normales (y sólo portan el rasgo, que transmiten a su descendencia). Unicamente enferman aquellos que son homocigotas, es decir, que han heredado de ambos padres la información errónea para fabricar la proteína en cuestión.

Después de la muerte de cuatro soldados (portadores) mientras se entrenaban, las academias militares decidieron implementar un programa masivo de sondeo genético entre sus filas. Los portadores del gen "defectuoso" quedaron excluidos, aunque por poco tiempo, ya que Pullens le ganó el juicio por discriminación a la Fuerza Aérea, que debió dar marcha atrás. Conviene aclarar que, por ese entonces, varios estados norteamericanos habían declarado obligatorio este estudio genético, al comienzo incluso por presión de militantes de la comunidad negra que demandaban cuidados.

Sea como fuere, este caso revela el peligro de los *screenings genéticos* masivos. Muchas alteraciones genéticas están *asociadas* a una enfermedad pero con un cierto grado de probabilidad, que nunca permite hacer un pronóstico totalmente seguro de que un empleado enfermará gravemente o un futuro niño padecerá tal dolencia. Es muy arriesgado, entonces, etiquetar a ese individuo como defectuoso.

Por otra parte, no todos los individuos que tienen una alteración genética patológica desarrollan clínicamente los mismos síntomas. "En la anemia falciforme, por ejemplo, existe una significativa variabilidad en la edad en que la enfermedad se declara, la severidad de los síntomas y la mortalidad", subrayan Billings y Beckwith.

En algunos casos, lo único que pueden afirmar los científicos es que un gen predispone a una enfermedad (tal como el gen myc al cáncer de mama), y nada más. ¿Autoriza esto a que una compañía no quiera extender un seguro de vida a un sujeto o a sus familiares? ¿Impide su ingreso a un sistema de atención médica?

No se trata sólo de un programa ético o de discriminación social. La selección sistemática de ciertos genes "superiores" reduciría la variabilidad genética, uno de los mayores tesoros de la humanidad. Se sabe que los africanos portadores de una sola copia del gen de la anemia falciforme (es decir, los heterocigotas) son sorprendentemente resistentes a la malaria. Por lo tanto, para ellos, ser portador no es un defecto sino un beneficio.

"Los individuos que son genéticamente propensos a la narcolepsia (quienes se quedan dormidos repentinamente en cualquier parte) están protegidos de la diabetes", agrega Edgardo Poskus, inmunoendocrinólogo de la Universidad de Buenos Aires. "Si uno quisiera fabricar en el laboratorio un hijo perfecto, se encontraría con la desagradable sorpresa de que sería muy perfecto para algunas cosas y muy imperfecto para otras. Es mejor dejar actuar al azar de la naturaleza".

Tal vez estas parezcan preocupaciones prematuras. No lo son. Una encuesta de la revista de negocios *Business Week* reveló en 1985 que los norteamericanos están de acuerdo con la ingeniería genética para hacer diagnósticos y curar enfermedades, pero no quieren que la información de los tests genéticos sea usada por el gobierno, las empresas o las aseguradoras. Desde el otro lado del mostrador, éstas reclaman igual derecho que sus clientes a conocer su estado de salud. "¿Por qué ellos tienen derecho a saber si están predispuestos al mal de Alzheimer (lo que tal vez motive una abultada póliza de vida) y nosotros no?", alegan.

El furor del *screening* genético masivo en las empresas será sin duda promovido activamente por las empresas biotecnológicas que producen los kits de diagnóstico genético. ¿Sabrá la sociedad resistirse a la estrategia de marketing de estas empresas, haciendo un balance racional entre los peligros y los indudables beneficios de los tests genéticos?

El brazo revolucionario de la ingeniería genética llegó a la intimidad de cada individuo y de cada familia. El Mundo Feliz de Aldous Huxley puede estar a la vuelta del camino.

Pero hay muchas maneras de entrar a él.

Niños a medida

Antes de que todos estos escenarios se materialicen, otra obra se está poniendo en juego. Aunque no es una descendiente directa de la ingeniería genética, también implica una manipulación celular y de caracteres hereditarios.

Se trata de la fertilización artificial y sus posibles derivaciones: elección del sexo de los hijos, selección de rasgos preferidos y eliminación o arreglo de defectos, intercambio de embriones, y muchas otras.

La posibilidad de fabricar un niño de probeta se concretó en 1978 cuando nació Louise Brown, en Inglaterra.

Junto con ella, nacieron esperanzas para miles de personas estériles o que portan alteraciones genéticas patológicas que podrían transmitir a su descendencia. Pero también vieron la luz problemas otrora impensados por la sociedad.

Primero fue la discusión sobre el carácter moral de concebir un ser humano en el laboratorio, práctica enfáticamente rechazada por la Iglesia Católica. Pronto ese debate –ya saldado en todo el mundo–, dio paso al de las manipulaciones de los óvulos, espermatozoides y embriones.

Los bancos de esperma se hicieron comunes y corrientres. Incluso existe un banco que colecciona espermatozoides de Premios Nobel.

Aunque en menor grado, también se hizo frecuente la fecundación con óvulos no pertenecientes a la futura madre legal. Para comprender cuán hondo ha calado este tema en la sociedad actual, basta recordar el film *Hanna y sus hermanas*, donde Woody Allen trabajosamente solicitaba el favor a su mejor amigo. Pero no es lo mismo donar que vender y comprar.

El mercado de la fertilidad se instaló muy pronto, aunque esta vez en manos de los propios interesados más que en las de empresas (aunque las hay). El mayor escándalo lo armó Mary Beth Whitehead, una mujer de 29 años que alquiló en 1986 su útero a una pareja norteamericana de apellido Stern para gestar un niño. Ella aportó el óvulo y el señor Stern el esperma. Pero una vez nacida la bebé (conocida como "Baby M."), Mary Beth se negó a entregarla, violando el contrato legal que tenía con la pareja locataria.

Estas "madres subrogantes" que arrendan su útero han dado la puntada final a la revolución biomédica. Ya hay casos de mujeres que prestan el útero para gestar el hijo de sus hijas, con lo que se convierten simultáneamente en abuelas y madres del niño por nacer. Más allá de la generosidad del gesto, más allá de la posiblidad de tener un hijo con los propios genes que se ofrece a mujeres que nunca lo lograrían de otra manera... ¿qué ocurrirá con la estructura psíquica de ese niño? ¿cómo atravesará su etapa edípica? ¿cuáles serán sus fantasías respecto de la relación entre su padre y su abuela–madre?. El trastocar la sucesión natural de generaciones traerá consecuencias imprevisibles, aunque no necesariamente negativas.

Otra cuestión ríspida se presenta con los embriones producidos en el laboratorio. Para tener más chances de éxito en las habitualmente difíciles fecundaciones artificiales, los especialistas promueven con hormonas una superovulación durante un ciclo menstrual de la mujer. Así, "cosechan" varios óvulos, que serán puestos en contacto con espermatozoides del padre o donante. El problema es que es muy probable que obtengan de este modo varios embriones. ¿Qué hacer con todos ellos?

Las alternativas son varias. Implantarlos todos de una vez. Congelar a algunos para futuros ensayos. Donar los sobrantes a parejas infértiles. Legarlos para investigación científica. Destruirlos.

Cada una de estas posibilidades ha sido motivo de agrias polémicas y de leyes que las regulan de distinta manera en cada país. Pero existen algunos casos que conviene recordar antes de tomar partido.

El primero ocurrió en Australia, país líder en investigaciones vinculadas a la fertilización asistida y con una legislación permisiva. Hasta allí había peregrinado en 1984 una pareja de chilenos millonarios que no podían tener hijos. Varios óvulos fecundados se congelaron y guardaron para hacer sucesivos intentos. Pero, en el transcurso de un viaje, el avión que transportaba a Elsa y Mario Ríos se estrelló y ambos murieron.

Ahí empezó el tironeo de los potenciales embriones. Unos querían destruírlos (tal vez para evitar que la herencia cayera algún día en sus manos). Otros querían regalarlos a otra pareja. Algunos médicos creían tener derecho a utilizarlos para investigación del desarrollo embrionario. La Corte Suprema australiana finalmente ordenó destruirlos.

El tema central es decidir si esos embriones son o no seres humanos. En caso de no serlo en el momento de la concepción ¿en qué punto se establece que comienzan a ser individuos?. Por supuesto, se trata de un criterio arbitrario, ligado a concepciones religiosas y morales de cada sociedad. Pero la ciencia pretende contar con algunos criterios un poco más objetivos para trazar ese límite alrededor de los 14 días después de la penetración del espermatozoide dentro del óvulo. Es a partir de la segunda semana que el embrión, que mide menos que un milímetro, deja de ser una masa de células indiferenciadas para comenzar a desarrollar rasgos especiales.

Los países que permiten la investigación médica de los embriones (como Inglaterra, Australia, España) lo hacen dentro de las 2 o 3 primeras semanas. Pero no siempre coinciden en qué tipo de investigación es la permitida; simple observación del desarrollo o intervención para experimentar.

Por otra parte, en los últimos tiempos se ha probado que el trasplante de tejido nervioso de fetos es útil para tratar el mal de Parkinson en los adultos, así como el de páncreas fetal ayuda a veces a los diabéticos. Algunos piensan que podrían usar para este tipo de trasplante los embriones sobrantes, cultivando en el laboratorio sus tejidos.

El tema se ha vuelto a reinstalar en los Estados Unidos, donde una ley prohibía hasta ahora la investigación con dinero estatal de trasplantes con tejido proveniente de fetos abortados. El Presidente Bush vetó una ley del Congreso que permitía usar material de abortos provocados. Pero tuvo que negociar a cambio la creación de bancos de tejido fetal en todo el país, que están autorizados a recolectar tejido fetal proveniente de abortos espontáneos o de embarazos ectópicos. De todos modos, los representantes demócratas Eduard Kennedy y Henry Waxman advierten que si en el transcurso de un año los bancos no alcanzan a satisfacer la demanda de los pacientes, volverán a proponer la ley original. Un problema que podría sobrevenir luego sería el de las mujeres que conciban hijos con el propósito de abortarlos para obtener dinero. Pero así como la ley de divorcio no propicia las rupturas matrimoniales, es falso decir que esta ley provocaría mayores abortos que los existentes hoy en día.

Los médicos más conservadores suelen implantar todos los embriones de una sola vez, evitando el congelamiento. Pero aunque esto puede parecerles a algunos una conducta más ética, en verdad pone en peligro a la madre y a todos los embriones por nacer. Como se pudo observar recientemente en la Argentina, donde una mujer estimulada artificialmente concibió once embriones que fueron expulsados al cuarto mes de gestación, ésta tampoco es una solución.

La posibilidad que más conflictos genera es la de clonar seres humanos, obtener réplicas exactas de un huevo en laboratorio. ¿Qué tal un ejército de Hitlers? ¿Por qué no clonar el gen millonario de Rockefeller? Además de estar expresamente pohibido en casi todas partes, es actualmente técnicamente imposible. Lo mismo puede decirse de la creación de híbridos que sean mezcla de humano y animal, y de la obtención de un embrión humano a partir de dos óvulos, obviando el aporte masculino de un espermatozoide.

Pero que sean hoy imposibles no significa que lo sean pasado mañana. Muchas de las cosas irrealizables con humanos se practican ya con cierto éxito en animales. Es cuestión de tiempo el lograrlas entre nosotros, pero también es asunto de límites y controles sociales. "Suele existir un desfasaje entre la rapidez de los descubrimientos y la aceptación social de los mismos. La cuestión radica en determinar si todo nuevo avance científico debe ineludiblemente ser aplicado", dice el senador Ricardo Laferriere, autor del proyecto de ley argentino sobre reproducción asistida.

No, no y ¿no?

La ingeniería genética nació con un pan bajo un brazo y con un escándalo bajo el otro. Desde el principio, logró concitar la desconfianza pública, liderada por algunos activistas que, como el célebre abogado norteamericano Jeremy Rifkin, decidieron llevar cada asunto a los tribunales y/o a las primeras planas de los diarios. Rifkin tiene un largo historial de éxitos en las cortes, consistentes la mayoría de las veces en moratorias temporarias de algún experimento, pero victorias morales al fin. Aunque se ganó la fama de "extremista verde" y "loco", logró poner en alerta a toda la opinión pública norteamericana y consiguió que los científicos cuidaran hasta los más mínimos detalles de seguridad antes de pedir permiso para un experimento.

La primera gran reunión para tratar regulaciones a la ingeniería genética tuvo lugar en 1975 en Asilomar (California, EE.UU.). Allí 250 científicos expusieron sus temores y recaudos en un entorno de fuerte presión de las nacientes empresas biotecnológicas. Si bien la Conferencia era fruto del reclamo del Premio Nobel Paul Berg –que temía las consecuencias de un experimento que él mismo planeaba con un virus cancerígeno–, las posiciones estaban lejos de ser unánimes.

Aunque a ningún científico le agrada que le limiten su libertad de investigación, ellos mismos se autoimpusieron normas de control severas, tanto en la construcción de los laboratorios y las medidas de seguridad físicas como en la obligación de "debilitar" a los microbios que manipulaban para impedir que sobreviviesen en ambientes naturales . El debate pronto se extendió a la opinión pública y a las instancias gubernamentales.

Asilomar sentó las bases para que NIH elaborara normas y creara el famoso RAC (Comité Asesor sobre ADN recombinante) que interviene hoy, junto con la Agencia de Protección Ambiental (EPA) y la Oficina de Control de Drogas y Alimentos (FDA), en todo lo relativo a experimentos y productos de ingeniería genética. Por otra parte, en Estados Unidos existen comités locales integrados por miembros de la comunidad, sindicatos, industriales y administradores gubernamentales que discuten los proyectos más conflictivos.

El Congreso norteamericano también ha dictado algunas leyes al respecto.

Sin embargo, el RAC sólo tiene poder sobre la investigación realizada con fondos estatales, por lo cual las industrias están en cierto modo fuera de las regulaciones más restrictivas. De hecho, más de una empresa embarcada en un experimento de terapia genética ha acudido por un permiso en los últimos meses a la FDA, en lugar de dirigirse al RAC. Ambos entes operan de manera diferente y tienen criterios diferentes. Mientras el RAC está integrado por científicos, abogados y teólogos que estudian minuciosamente tanto los costados científicos como éticos de cada ensayo, y lo hacen abiertamente frente a público y prensa, la FDA sólo se preocupa –a puertas cerradas– por la toxicidad de los medicamentos que entrarán al mercado. La primera empresa en obviar el RAC fue Viagene, que experimentará pronto una vacuna con el virus del SIDA en una forma de terapia genética.

Gran Bretaña también ha estado a la vanguardia de la regulación de los experimentos de ingeniería genética. Por una parte, creó un Grupo Asesor sobre Manipulaciones Genéticas, integrado por prominentes científicos y ciudadanos comunes, que consiguió consenso en temas claves.

Por otra parte, creó un comité –conocido por el nombre de su presidenta, M. Warnock– para que se expidiera sobre la manipulación de embriones humanos. El Informe Warnock – que pone el límite a la investigación embrionaria en los 14 días y desalienta toda transacción comercial con ellos– fue tomado como antecedente y modelo en muchos países.

Durante los '70, las leyes norteamericanas y europeas fueron muy estrictas, pero luego se relajaron, al ritmo del crecimiento (y lobbies) de las empresas y de las experiencias realizadas, que mostraron que los peligros eran mucho menores a los imaginados inicialmente. La OCDE recientemente actualizó sus lineamientos para la aplicación segura de las técnicas de ADN recombinante.

En la Argentina, una Comisión de Bioseguridad integrada por científicos, industriales y funcionarios estableció recientemente normas muy semejantes a las europeas para la liberación al medio ambiente de microorganismos recombiantes (incluídas vacunas "vivientes") y plantas transgénicas. "Las regulaciones son suficientemente seguras. Ahora hay que garantizar que no impidan la transferencia desde el laboratorio hacia la industria y el mercado", se preocupa A. Mentaberry, del INGEBI.

Pero si existe mundialmente un consenso sobre normas de manipulación de microorganismos –violadas cada tanto, como se dijo anteriormente–, la situación es completamente diferente cuando se trata de la manipulación humana.

Alemania, Holanda y Japón se ubican en el extremo más opositor, mientras Australia y Dinamarca ocupan el extremo más permisivo. Paradójicamente, un país ultracatólico como España tiene normas muy liberales respecto de la manipulación embrionaria.

Una ley fue recientemente sancionada en la Argentina para regular todos los aspectos vinculados con la fertilización asistida. La ley permite el congelamiento de embriones durante tres años, tras los cuales pasan a disposición del Centro Médico donde se encuentran. Pero "sólo podrán ser implantados en una mujer". La ley también establece que la intervención en óvulos fecundados sólo podrá realizarse con finalidad terapéutica, prohibiéndose la selección de sexo, salvo en casos de enfermedades ligadas a los cromosomas sexuales. No se admiten contratos de maternidad subrogada, pero sí se autoriza a una mujer viuda a ser inseminada con el semen de su marido hasta 30 días después de su fallecimiento. Por otra parte, en la Argentina nadie puede disponer en su testamento el destino de sus óvulos o espermatozoides. De este modo, se bloquea la posibilidad –hoy impracticable– de que alguien decida congelar sus gametas durante 300 años, para tener herederos garantizados.

El conflicto básico sigue dándose entre el interés científico por conocer más a fondo el desarrollo temprano de los embriones con fines terapéuticos y la consideración del embrión como un ser humano con derecho a la protección. Sin embargo, hay quienes dan una vuelta de tuerca más al asunto, y recuerdan que las decisiones no se deben dejar en manos de la supuesta imparcialidad de los científicos o del Estado.

Se apoyan en la construcción de la bomba atómica con plena participación de científicos eminentes, o la esterilización masiva de pueblos o grupos disidentes en el Tercer Mundo, por no abundar en las armas biológicas elaboradas con toxinas y virus (tan peligrosos como el de la difteria o el de la fiebre amarilla) recombinados genéticamente.

ALEJANDRA FOLGARAIT

No es posible evitar tomar posición. La ingeniería genética ha llegado para quedarse. Y su acción revolucionaria no se limita a llenar los bolsillos de algunos ni a realizar los sueños y agitar las pesadillas de todos. Entre escándalos y maravillosos adelantos, ha abierto un espacio para modificar radicalmente la concepción del hombre y de la naturaleza, de la cultura y de la evolución. Ya nada será como era entonces, y eso incluye a cada uno de nosotros.–

GLOSARIO

Acido nucleico: polímero compuesto de nucleótidos. Si el azúcar de un nucleótido es la ribosa, se trata de ácido ribonucleico (ARN), si el azúcar es desoxirribosa, se trata de ácido desoxirribonucleico (ADN).

ADA: enzima adenosina deaminasa. Su déficit conduce al síndrome del "niño de la burbuja", caracterizado por un colapso del sistema inmune.

ADN (DNA): ácido desoxirribonucleico. Compuesto químico que forma los genes y contiene la información para fabricar todos los ARN, las proteínas y las enzimas del organismo. En las células eucariotas se encuentra en su mayor parte dentro del núcleo. Una pequeña porción se localiza en las mitocondrias, pequeñas organelas del citoplasma de la célula.
Su estructura son dos cadenas de nucleótidos en forma helicoidal. Cada nucleótido está compuesto por una de cuatro bases (adenina, timina, citosina o guanina), un azúcar (desoxirribosa) y un grupo fosfato.

ADN recombinante: ADN formado por la unión en el laboratorio de dos moléculas de ADN de origen diferente. Ejemplo: unión del gen de la hormona del crecimiento humano a un plásmido.

Alelos: formas alternativas de un mismo gen existentes en una población. Aunque pueden haber decenas de formas alternativas de un gen en una población determinada, cada célula humana contiene sólo dos copias (alelos) de cada gen, una proveniente del padre y otra de la madre. Los alelos de un gen se localizan en lugares precisos ("loci") de un cromosoma.

Aminoácidos: bloques con que se construyen las proteínas. Existen veinte en total, que se combinan entre sí para dar lugar a todas las proteínas.

Amniocentesis: extracción de líquido que rodea al feto para el análisis genético de las células fetales que en él flotan.

Anemia falciforme (o drepanocítica): enfermedad hereditaria muy común en los pueblos negros. Un defecto en la hemoglobina hace que los glóbulos rojos adopten forma de hoz y no transporten correctamente el oxígeno. La raíz del problema está en una mutación en una base que genera un cambio de un aminoácido por otro.

Anticuerpos monoclonales: anticuerpos muy puros y específicos fabricados en el laboratorio y que reconocen, cada uno, un sólo antígeno.

Antígenos: cualquier molécula que despierta una respuesta inmune en los animales.

ARN (RNA): ácido ribonucleico. Compuesto químico que interviene en la síntesis de proteínas. Existen distintos tipos (mensajero, ribosomal, de transferencia). Todos consisten en una sola cadena de nucleótidos. Cada nucleótido contiene una de cuatro bases (adenina, uracilo, guanina o citosina), un azúcar (ribosa) y un grupo fosfato.

Bacteriófago: virus que infecta a bacterias. Su genoma puede ser usado como vector.

Bases: elementos químicos que constituyen los nucleótidos, los que a su vez conforman los ácidos nucleicos. La secuencia en que se ordenan las bases constituye la información genética.

Biblioteca de ADN ("genoteca"): un almacén de ADN clonado en vectores recombinantes que contienen fragmentos específicos de cromosomas. Puede ser una biblioteca de ADN_c o una biblioteca de genoma. Para clonar una secuencia o fragmento específico, toda la población de vectores de la biblioteca debe ser introducida en bacterias. Cada bacteria contendrá una molécula de ADN recombinante.

Biotecnología: aplicación de organismos o procesos biológicos a la fabricación industrial.

Callo (callus): conjunto de células vegetales que resultan del cultivo tisular de una única célula vegetal indiferenciada.

$_c$DNA (ADN_c): ADN de secuencia complementaria a la de un ARN mensajero. Es sintetizado a partir de éste por medio de la enzima transcriptasa inversa. Por lo tanto, sólo contiene exones.

Citoplasma: región de la célula que rodea al núcleo, donde se llevan a cabo gran parte de las actividades químicas de la célula.

Clon: Un *clon celular* es un grupo de células genéticamente idénticas que descienden de un mismo progenitor. Un *clon molecular* es un grupo de moléculas idénticas de ADN recombinantes. Un clon de ADNc contiene sólo exones. Los clones genómicos son fragmentos de ADN que contienen tanto exones como intrones.

Clonado (clonaje): técnica por la cual se aísla un gen o se reproducen copias idénticas de un fragmento de ADN.

Código genético: clave que transmite la información hereditaria. La clave determina la correspondencia entre el lenguaje de bases de los ácidos nucleicos y el lenguaje de aminoácidos de las proteínas.

Codón: conjunto de tres bases ordenadas en cierta secuencia que codifican para un determinado aminoácido.

Cromosomas: filamento de ADN y proteínas contenidos en el núcleo celular. Portan la herencia genética. En el ser humano, se agrupan en 23 pares (22 más el par de cromosomas sexuales, X o Y).

Cromosomas homólogos: par de cromosomas provenientes uno del padre y otro de la madre. Algunas de sus partes se recombinan durante la meiosis. Una copia de cada gen reside en la misma posición (locus) en cada cromosoma del par homólogo.

Desnaturalización: separación de la doble cadena de ADN por acción del calor o cambios en el PH.

Electroforesis: procedimiento por el cual se separan fragmentos de ADN sobre un gel a través del cual fluye una corriente eléctrica. Los fragmentos se separan según su tamaño.

Enzimas: proteínas (o ciertos ARN) que aceleran las reacciones químicas que ocurren en la célula.

Enzimas de restricción (endonucleasas): enzimas bacterianas que clivan el ADN en sitios específicos. Tijeras biológicas usadas por los científicos para cortar el ADN en puntos precisos.

Escherichia coli: bacteria común del intestino humano, utilizada para la manipulación genética y muchos procesos biotecnológicos.

Eucariota: organismo cuyas células poseen un auténtico núcleo y otras organelas también limitadas por membranas.
Ejemplo: todos los organismos, excepto las bacterias y las algas azul–verdosas.

Exon: parte de un gen que contiene la información para fabricar proteína. Secuencia codificante de ADN. Se transcribe al ARN_m para iniciar la síntesis de una proteína.

Expresión: un gen se expresa cuando se transcribe en ARN_m y da origen a una proteína. No todos los genes se expresan al mismo tiempo ni en el mismo lugar. La expresión es regulada por factores de transcripción y regiones adyacentes al gen (promotoras).

Fibrosis quística: la enfermedad hereditaria más común en los países desarrollados. Caracterizada por congestión en los pulmones por exceso de mucus y problemas en páncreas, intestino y órganos sexuales.

Gameta: célula sexual. En el ser humano, contiene la mitad del número de cromosomas de la especie (23). Se obtiene por un proceso denominado meiosis. Ejemplo; óvulo, espermatozoide.

Gen: unidad de herencia. Segmento de ADN que tiene la información suficiente para fabricar una proteína o un tipo de ARN. Puede ser dominante o recesivo.

Genoma: conjunto del material genético de un organismo individual. El genoma humano contiene aproximadamente 100 mil genes.

Hemofilia: enfermedad hereditaria caracterizada por la mala coagulación sanguínea. Existen dos tipos (A y B) Se transmite con los cromosomas sexuales.

Heterocigota: que posee dos alelos diferentes para un

mismo carácter. Ejemplo: color de ojos azul -color de ojos marrón. En cambio, si posee la misma información, se trata de un *homocigota* para ese carácter.

Hibridación: proceso por el cual dos hebras de ácidos nucleicos se aparean por complementariedad de bases.

Hibridoma: célula que proviene de la fusión en el laboratorio de una célula productora de anticuerpos con otra célula capaz de multiplicarse indefinidamente. El resultado es un clon celular que fabrica anticuerpos monoclonales.

Huella dactilar genética (fingerprint): patrón de bandas (semejante al código de barras) que se obtiene por medio de una técnica especial de análisis del ADN de un individuo y que lo identifica de manera muy sensible y precisa. Se utiliza para pruebas forenses y de paternidad, además de tener varias aplicaciones médicas y veterinarias.

I & D: investigación y desarrollo.

Intron: cualquier secuencia de genes eucariotes que interrumpe la secuencia codificante (exon). Los intrones se transcriben inicialmente (junto con los exones) al precursor del ARN_m, pero luego –por medio del splicing– se eliminan del ARN_m. No codifica para ninguna proteína.

In vitro: en un entorno artificial; en el laboratorio.

In vivo: dentro del organismo vivo.

Ingeniería genética: conjunto de técnicas para cortar y ensamblar genes formando nuevas combinaciones. Especialidad científica que manipula el material genético.

Levaduras: hongos unicelulares (eucariotas) muy utilizados para elaborar biotecnológicamente proteínas humanas.

Ligamiento: cuanto más cerca están dos genes en un cromosoma, más probable es que se hereden juntos, sin sufrir una recombinación durante la meiosis. Si dos secuencias de ADN se heredan generalmente juntas, se dice que están ligadas genéticamente.

Lipoproteína: compuesto químico de grasas y proteínas que circula por la sangre. Interviene en el transporte y metabolismo de los lípidos y del colesterol.

Liposoma: corpúsculo artificial de grasa (lípidos) que puede ser utilizado para conducir genes o moléculas farmacéuticas al interior del organismo.

Locus (pl. loci): ubicación precisa de un gen a lo largo de un cromosoma.

Mapeo genético: representación de la posición relativa y distancia genética que separa a los genes. Se basa en la frecuencia de recombinación entre lugares específicos de los cromosomas. La distancia se mide en centimorgans o en miles de pares de bases (kilobases).

Marcador genético: región del ADN que está a una distancia suficientemente corta del gen que se desea estudiar, tal que la probabilidad de recombinación entre ambos es igual o menor al 1 por ciento. Esa región –que no codifica para ninguna proteína– es polimórfica en la población (que presenta normalmente en esas zonas patrones de enzimas de restricción muy variables) y se hereda de padres a hijos de manera mendeliana clásica.

Meiosis: proceso de división celular que conduce a la formación de gametas o células sexuales. Por este medio, una célula madre da origen a cuatro células hijas que contienen la mitad del número de cromosomas de la especie (23, en el ser humano).

Minisatélite: pequeña secuencia de ADN altamente repetitiva.

Bloques que se localizan a lo largo de todo el genoma.
Poseen una secuencia central ("core") que se repite en tandem. (ver VNTR)

Mitocondria: organela del citoplasma que posee ADN y produce la energía que la célula necesita para vivir.

Mitosis: proceso de división celular por el cual una célula madre da origen a dos células hijas con igual número de cromosomas (46 o 23 pares, en el ser humano).

Mutación: cambio cromosómico heredable. Puede afectar a una base, a una secuencia de ADN o a una parte mayor del cromosoma. Puede originar una patología, una ventaja, o ser inofensiva (neutra).

Nucleótido: unidad que constituye los ácidos nucleicos. Compuesto de una base (adenina, guanina, citosina o timina–uracilo), un azúcar (ribosa o desoxirribosa) y un grupo fosfato.

Oligonucleótido: polímero de nucleótidos sintetizado en el laboratorio. Constituye una cadena muy corta de ADN o ARN y puede ser utilizado como sonda genética, "primer", etc.

Oncogenes: grupo de genes que regulan alguna etapa de la división celular; cuando por alguna mutación se altera la cantidad o calidad de las proteínas codificadas por esos genes, la célula puede volverse cancerosa.

PCR (polymerase chain reaction): reacción en cadena de polimerasa. Una técnica para amplificar o "fotocopiar" *in vitro* secuencias específicas de nucleótidos.

Péptido: polímero corto de aminoácidos.

Polimerasa: enzima que liga nucleótidos para formar un ácido nucleico.

Polímero: estructura regular de subunidades básicas (monómeros).

Primer: oligonucleótido que se aparea con una hebra complementaria de ADN, proveyendo una terminación libre para la extensión de una nueva hebra. Se usa como cebador para que comience a actuar la enzima polimerasa, que ensambla nucleótidos para formar una nueva cadena. Provee un punto de iniciación para agregar nucleótidos en la replicación del ADN.

PGH: proyecto genoma humano.

Plásmido: molécula de ADN circular que vive independientemente en las bacterias y que se reproduce autónomamente. Generalmente posee un gen de resistencia a un antibiótico, que sirve como marcador de una transferencia exitosa de genes. Constituye una herramienta fundamental para la ingeniería genética, que lo usa como vector o vehículo de genes entre individuos o especies diferentes.

Polimorfismo: variaciones genéticas entre los individuos, situadas en lugares precisos de los cromosomas. Han sido explotadas para la identificación de genes asociados a enfermedades, para el diagnóstico de patologías, en medicina forense y para la filiación de los individuos. En los seres humanos, el polimorfismo se presenta predominantemente como RFLP o como VNTR.

Procariota: organismo formado por células sin núcleo ni otras membranas internas. Ejemplo: bacterias y algas verde–azuladas.

Promotor: secuencia de ADN que, ante determinados estímulos, activa el proceso de transcripción de un gen. Opera como una señal de iniciación o activación. Es una de las secuencias que regulan la expresión de un gen. Se localiza "antes" del inicio de un gen.

Recombinación homóloga: intercambio de material genético entre cromosomas homólogos durante la meiosis.

RFLP (restriction fragment length polymorphism): Variaciones en la secuencia de ADN entre individuos que crean o eliminan sitios de corte para las enzimas de restricción, generando fragmentos de ADN de distinta longitud. La variación en la longitud de los fragmentos se debe a mutaciones en los sitios de restricción o al agregado de secuencias repetitivas entre dos sitios de corte. Pueden ser usados para construir **genetic linkage maps** (mapas de ligamiento genético) para seguir la transmisión hereditaria de mutaciones específicas y enfermedades genéticas. Un **marcador RFLP** es cualquier variación que resulte en cambios de longitud del ADN, que se hereda en una familia, ligada a un gen responsable de una enfermedad. Se pueden entonces elaborar sondas que detecten estos marcadores y diagnostiquen la enfermedad.

Ribosomas: gránulos ricos en ARN que sirven como fábricas celulares donde se ensamblan las proteínas.

Secuenciación: técnica por la cual se determina el ordenamiento de las bases que componen un determinado fragmento de ADN.

Sonda genética o molecular (probe): cadena de nucleótidos (de ADN o ARN_m) marcada por medios radioactivos u otros. Hebra de ADN que puede aparearse por complementariedad de bases con otras cadenas cortas de ADN y ‘‘separarlas” de una mezcla de cadenas. Con el sondeo genético se pueden detectar ligeras diferencias en las secuencias de bases de los nucleótidos.

Southern Blot: técnica molecular para detectar secuencias precisas de ADN. Brinda información sobre la estructura de un gen así como sobre la presencia de mutaciones o polimorfismos en una secuencia de ADN. Incluye los siguientes pasos: corte del ADN con enzimas de restricción; electroforesis en gel de agarosa; desnaturalización del ADN; transferencia a un soporte sólido (nitrocelulosa o nylon); hibridación con sondas; y autorradiografía. El resultado es la observación de un patrón de bandas de ADN radioactivo, que indica el "estado de salud" del gen analizado.

Talasemias: enfermedades hereditarias caracterizadas por una anormalidad en la hemoglobina de la sangre, que transporta el oxígeno.

Traducción: proceso por el cual las órdenes genéticas codificadas en la secuencia del ARN_m se descifran según el código genético para ensamblar los aminoácidos que constituirán una proteína. Se realiza en el citoplasma, en los ribosomas.

Transcripción: proceso por el cual el ADN transmite su orden para fabricar una proteína a un ARN_m. Es el primer paso en la síntesis de proteínas y se lleva a cabo en el núcleo celular.

Técnicas de ADN recombinante: técnicas de ingeniería genética que conducen a la mezcla de ADN proviniente de distintas fuentes.

Transferencia genética dirigida: (gene targeting). Es la transferencia de secuencias genéticas a lugares específicos del genoma por medio de recombinación homóloga en el mismo lugar del ''desperfecto" genético.

Transgénicos: animales o plantas obtenidos después de la incorporación de un gen foráneo a todas sus células. Si sólo incorporaron el gen a algunas células, se denominan *quimeras* o *mosaicos*.

Vector: plásmido o ADN de un virus utilizado para introducir un gen en una bacteria o en una célula eucariota. Molécula de ADN que se replica autónomamente en una célula huésped y que acepta una secuencia foránea de ADN. Permite el transplante de genes entre especies diferentes.

VNTR (variable number tandem repeat): secuencia corta de ADN que se repite en tandem un número de veces que varía según los individuos. De acuerdo con el número de veces que se repite la secuencia *core* en los distintos individuos, se pueden detectar fragmentos de ADN de diferente longitud. Es altamente polimórfica.

FUENTES Y REFERENCIAS BIBLIOGRAFICAS

Introducción

* – Judson, Horace Freeland. *El octavo día de la creación*. México: Consejo Nacional de Ciencia y Tecnología, Ediciones Castell Mexicana, 1987.

Capítulo I

– Barinaga, Marcia. "Conflicts of interest: confusion on the cutting edge". *Science,* vol. 257 1992. 616–619.

– BioTechnology. "Slew of biotech alliances", vol. 10 feb. 1992. 112–14.

– Business Week International. "The gene doctors". nov. 18, 1985. 48–55.

"The genetic age", may 28, 1990. 44–51.

"The gene doctors roll up their sleeves", march 30, 1992. 54–56.

– Lévêque, François. "Quel est l' avenir des brevets larges?

"Les enseignements du t–PA". *Biofutur*, avril 1989.

– New York Times. "New drug findings on heart attack buoying doctors". 10–4–88. pag. 1.

– Wall Street Journal. "Days and nights at the FDA". 10–11–87. pag. 36.
* – Yanchinski, Stephanie. *Hacer trabajar a los genes*. Barcelona: Sudamericana–Planeta, 1986.

Capítulo II

– Bluestone, Mimi. "Genes in a bottle" *BioTechnology*, vol. 10, february, 1992.
– Caskey, C. Thomas. "Disease dagnosis by recombinant DNA methods". *Science*, vol. 236, 1987. 1223–1228.
– Ahubb, J. y Hogan, M. "Human therapeutics based on triple helix technology". *TIBTECH*, vol. 10, 1992.
– Cohen, Jack. "Oligonuclotide therapeutics" *TIBTECH*, vol. 10, 1992.
– Debenham, Paul. "Probing identity: the changing face of DNA fingerprinting". *TIBTECH*, vol. 10, 1992.
– Dodet, Betty. "Le nouveaux diagnostics biologiques". *La Recherche*, vol. 18, nº 188, 1987.
– Edgington, Stephen. "PCR: catching the next wave". *BioTechnology*, vol. 10, july, 1992. 763–766.
– Fenoglio–Preiser, C & Willman, Ch. *Molecular diagnostics in pathology*. Baltimore: Williams & Wilkins, 1979.
– Gibbons, Ann. "Biotech´s second generation" *Science*, vol. 256, 1992. 766–68.
– Jeffreys, Alec et al. "Hypervariable 'minisatellite' regions in human DNA" *Nature*, vol. 67-73314, 1985.
– Jeffreys, A. "High variable minisatellites and DNA fingerprints". 23 Colworth Medal Lecture, Dublin, 1986.
* – Kerby, Lorne. *DNA Fingerprinting* New York: Stockton Press, 1990.
– Lewin, Roger. "DNA fingerprints in health and disease" *Science*, vol. 236, 1986. 521–22.
– Neufeld, P. y Colman, N. "When science takes the witness stand" *Scientific American*, vol. 262, nº 5, 1990.
– Old. R. y Primrose, S. *Principles of gene manipula-*

tion: an introduction to genetic engineering. Oxford: Blackwell Scientific Publications, 1985.
– Roitt, Ivan (ed.) *Immune intervention*. Vol. 1: "New trends in vaccines". London: Academic Press, 1984.
– Therre, Helene. "Une therapie pour demain" *Biofutur*, mars 1992.
– Toulmé, Jean Jacques. "Antisens et anti–genes" *Biofutur*, mars 1992.
– Vassart, G. et al. "Les empreintes genetiques comme outil pour l' identification et l' etude de la filiation" *Rev. Med. Bruxelles nº 9*, 1988. 411–14.
* – Warr, J. Roger. *Genetic engineering in higher organisms*. Southampton: Edward Arnold Publishers, 1984.
* – Watson, James. *Biología molecular del gen* USA: Fondo Educativo Interamericano, 1974.
– White, R. y Lalouel, J. M. "Chromosome mapping with DNA markers". *Scientific American,* vol. 258, nº 2, feb. 1988.

Capítulo III

– Cocking, E. y Davey, M. "Gene transfer in cereals" *Science*, vol. 230, 1987, 1259–1267.
– Dobb, Edwin, "Cultivating nature". *The sciences*, jan–feb. 1992. 44–50.
– Garibay, Angel. Mitología griega. México: Porrúa, 1980.
– Gasser, Ch. y Fraley, R. "Transgenic crops". *Scientific American,* vol. 266, nº 6, june 1992.
– Goldberg, Robert. "Plants: novel developmental processes" *Science,* vol. 240, 1988. 1460–1467.
– Jaenisch, Rudolf. "Transgenic Animals" *Science*, vol. 240, 1988. 1468–1474.
– Magnien, E. "Le génie génétique pour l´agriculture" *Biofutur*, mai 1986.
– Murphy, Caroline. "The new genetics and the welfare

of animals" *New Scientist*, 10 december 1988.
– Norraille, Ch. et al. "Semences artificielles: rêves et réalités" *Biofutur*, avril 1988.
– Noudebine, Louis M. "Les animaux transgeniques" *La Recherche*, nº 188, vol. 18, 1987.
– Perlak, F. et al. "Insect resistant cotton plants" *Bio-Technology*, vol. 8, october 1990,
– Rives, Max. "Las mejoras de las plantas" *Mundo Científico,* nº 38, vol. 4.
– Simon Moffat, Anne. "Improving plant disease resistance" *Science,* vol. 257, 1992. 482–3.
– Tempe, J. y Schell, J. "La manipulation des plantes" *La Recherche* nº 188, vol. 18, 1987.
– Vaeck, M. et al. "Transgenic plants protected form insect attack" *Nature*, vol. 328, 1987. 33–37.
– Vasil, Indra. "Progress in the regeneration and genetic manipulation of cereal crops" *BioTechnology*, vol. 6, april 1988.
– Vincent, Christian et al. "Les animaux transgeniques" *Biofutur*, avril 1987.
– Wilmaut, Ian et al. "A revolution in animal breeding" *New Scientist*, july, 1988.

Capítulo IV

– Anderson, Alun et al. "Molecular biology. US juggernaut overwhelms divided european elite" *Science* vol. 256, 1992. 460–464.
– Anderson, Cristopher. "US patent application stirs up gene hunters" *Nature*, vol. 353, 1991. 485–86.
– Bodmer, Walter. "Genome Research in Europe". *Science,* vol. 256, 1992. 480–81.
– Brenner, Sydney. "That lonesome grail". Nature, vol. 358, 1992. 27–28.
– Cantor, Charles. "Orchestrating the human genome project". *Science*, vol. 248, 1990. 49–51.

– Collins, Francis. "Cistic fibrosis: molecular biology and therapeutical implications". *Science*, vol. 256, 1992. 774–779.
– Dodet, Betty. "Les voies de la therapie génétique". *Biofutur*, mai 1992.
– Dusty Miller, A. "Human gene therapy comes of age" Nature, vol. 357, 1992, 455–460.
– Erickson, Deborah. "Hacking the genome". *Scientific American*, vol. 266, nº 4, 1992.
– French Anderson, W. "Human gene therapy". *Science,* vol. 256, 1992. 808–813.
– Gilbert, Walter. "Towards a paradigm shift in biology" *Nature,* vol. 349, 1991. 99.
– Johnson, Hugo "Human Genome et revolution PCR" *Biofutur*, decembre, 1989.
– Kolberg, Rebecca. "Animal models point the way to human clinical trials". *Science*, vol. 256, 1992. 772–3.
– Marx, Jean. "Gene transfer is coming on target" *Science*, vol. 242, 1988. 191–2.
– Robinson, Clare. "The genome race is on the road" *TIBTECH*, vol. 10, nº 1–2, 1992.
– Rosenberg, Steven. "Adoptive inmunotherapy for cancer". *Scientific American*, vol. 262, nº 5, 1990.
– Ross, Philip. "Eloquent remains" *Scientific American*, vol. 266, nº 5, may 1992.
– Sattaur, Omar. "The new genetics" *New Scientist* nº 16, december, 1988.
– Therre, Helene. "Du possible a l´acceptable". *Biofutur*, mai 1989.
– Thorne, A. y Wolpoff, Milford. "The multiregional evolution of humans". *Scientific American*, vol. 266, nº 4, 1992.
– Venter Craig et al. "Genome sequence analysis: scientific objetives and practical strategies" *TIBTECH*, vol. 10, 1992.

– Watson, James. "The Human Genome Project: past, present and future", *Science,* vol. 248, 1990. 44–49.
– White, R. y Lalouel, J. "Chromosome mapping with DNA markers "*Scientific American*, vol. 258, nº 2, feb. 1988.
– Wilson, A. y Cann, Rebecca. "The recent african genesis of humans" *Scientific American*, vol. 266, nº 4, 1992.

Capítulo V

– Billings, Paul y Beckwith, Jon. "Genetic testing in the workplace: a view from the USA". *Trends in genetics*, vol. 8, nº 6, 1992.
– Crespi, Stephen. "What´s new in patent law?", *TIBTECH*, vol. 10, april 1992.
– Fox, Jeffrey. "Emergent scientific principles for deliberate release". *ASM* News, july, 1988.
– Gutmann, Ernest. "Lévolution des droits de propriéte intellectuelle". *Biofutur*, avril 1989.
– Haas, M. y Mennessier, Th. "Brevets en biotechnologie". *Biofutur*, septembre, 1985.
– Konner, Melvin. "The Gender Option". *The Sciences*, nov-dec. 1987.
– Mangels, Alfred. "The changing world of patents". *Food technology*, july. 1986.
– Nothias, Jean–Luc. "Securité et biotechnologies: quelles reglementations?" *Biofutur*, mars, 1987.
– Thuillier, Pierre, "La tentación de la eugenesia". *Mundo científico* 38, vol. 4.
– Sanmartín, José. *Ingeniería genética humana y nuevas formas de vida*. España, mimeo, 1991.
* - Yanchinski, Stephanie, ed. *La revolución biotecnológica*. Madrid: Debate, 1985

Indice